아름다워지기 전에
뒤를 돌아보면 안 돼

나남
nanam

나남문학선 56

**아름다워지기 전에
뒤를 돌아보면 안 돼**

2026년 4월 18일 초판 발행
2026년 4월 18일 초판 1쇄

지은이   이영주
발행인   趙相浩
발행처   ㈜나남
주소   10881 경기도 파주시 회동길 193
대표전화   (031) 955-4601
FAX   (031) 955-4555
등록   제1-71호(1979.5.12.)

홈페이지   http://www.nanam.net
전자우편   post@nanam.net

ISBN   978-89-300-0156-4 04810
           978-89-300-0142-7 (세트)

책값은 뒤표지에 있습니다.

아름다워지기 전에
뒤를 돌아보면 안 돼

이 요 주 문 학 선

나남문학선

56

나남
nanam

보세요.
이 폐허를 건너는 동안
마음이 다 녹아 없어졌어요.

하지만
슬픔은 힘이 세고,
언어는 끝까지 우리를 감쌀 거예요.

2026년 봄
이영주

차례

차가운 사탕들

어떤 사랑도 기록하지 말기를

태어나면서 우리는
저무는 사람들

1부   시

태어나면서 우리는
저무는 사람들

108번째 사내

지붕 위로 흘러가는 방

한밤중에 지붕은 머리에 둥근 달을 이고 허공으로 걸어간
다. 어릴 적 나를 업고 프라이팬에 노란 달을 부치던 어머니

비린 달을 게워내며 옥탑방이 지붕 위로 흘러간다.

그녀가 사랑한 배관공

욕실 창틀에 검은 박쥐가 붙어 있다
오래된 배수관처럼 끓어오르는 심장에 손을 대고
그녀가 훌쩍인다 몸속에서
수만 마리 박쥐떼가 날아오른다
그녀는 배수관을 툭툭 친다
구루룩구루룩 심장을 두드리는 저 새까만 날개들

이제 배수관 따위에 말하는 것도 지겨워
그녀는 차가운 얼굴을 타월에 비빈다
이 시기가 지나면 박쥐들은 떠나갈 거야
날개를 접듯 처진 가슴을 웅크리고 그녀는
천천히 몸을 기울인다 마모된 배수관이
아무렇게나 심장 속에서 구른다
이런 집, 태양이 없는 곳에서도 달이 뜨는지

늙은 배관공은 지하방 너머
왼쪽 골목 첫 번째 건물에 앉아 있다
밤마다 둥근 달이 떠오르면 그는
덧문을 닫아걸고 사라진다
평생 잘린 날개들을 치워왔다

타일 바닥에 주저앉아 그녀는
오래전에 쓴 편지를 떠올린다
첫 문장을 천 번 고치면서
그녀는 천 번을 퍼덕거렸다 드디어
완성된 천 개의 문장이 골목을 건너간다

밤은 아프고 잔인한 체위
낡은 배수관에서 물이 넘쳐요
새까만 얼굴을 하수구에 파묻고
그녀가 구루룩거린다

이 지하에 숨어 있는 동굴
좁은 욕실에 쪼그리고 앉은 검은 박쥐가 조용히 운다
한 생애를 흘려보낸다

고궁에서 본 뱀

바람이 불고 사람들의 발바닥은 부풀었습니다. 나는 단청에서 쏟아지는 푸르스름한 빛의 꼬리를 따라 걸었습니다. 고궁의 비틀린 문짝에서 가늘게 숨결을 내뿜는 꽃살 무늬. 오래전 누군가 청동빛 그림자를 남겨둔 문틈에는 작은 소용돌이가 어두운 구멍을 만들고 있었습니다. 숨죽인 채 구멍을 훔쳐보며 서성이던 나는 그곳에 숨겨져 있는 내부의 궁 안으로 휩쓸려갔습니다. 어떤 분노가 스치고 간 듯 처참한 칼집이 새겨진 전리품, 떠나지 못하고 나무기둥 속에 갇힌 죽은 자의 얼굴들, 옹이마다 뜨겁게 맺힌 응혈들, 오래된 전언들…… 나는 조심스럽게 궁 안을 가로지릅니다. 어느덧 내 발자국이 지나친, 깊은 흉터로 남은 사물에 희미한 빛이 고여들기 시작했습니다. 구멍 밖으로 사라지는 햇살을 끌어당기며 서서히 호흡을 하는, 어둠 속을 떠다니는 발 없는 영혼들. 상형문자를 해독하듯 이상한 힘을 읽고 있던 내 몸속으로 서늘한 입김이 들어왔습니다. 뼈마디를 타고 흐르는 차가운 공기. 살갗을 뚫고 순식간에 푸른 비늘이 솟아올랐습니다. 나는 바닥에 배를 대고 천천히 움직입니다. 참았던 한숨이 푸르르, 쏟아져나와 고궁의 공기 속으로 흩어집니다. 아무도 읽지 못한 비밀처럼 붉은 혀가 똘똘 말려 있는 저녁이었습니다.

매를 파는 노파

지하철역 입구
노파가 매를 팔고 있다

어두운 거리를 가로질러
사람들이 맨손으로 사라진다

노파는 보퉁이 속에서 파닥거리는
매의 날개를 만진다

오래전에 떠난
매는 사냥에서 돌아오지 않고 있다
횃대에 앉아 말라가고 있다
살을 태우고 있다

사냥하기엔 너무 늙어서
도시의 밤은 땀을 흘린다

풀어놓은 보퉁이를 끌어안고
노파가 벽에 붙어 헐떡거린다
가로등이 달아오른다

공중을 부유하는 늙은 매

노파가 가로등에 앉아 말라가고 있다
살을 태우고 있다

소녀와 달

　한밤중, 철봉에 거꾸로 매달려, 흔들리는 소녀, 엄마, 내 등에서 자라는 이 뼈는 뭐야, 밤의 흰 뼈, 살갗을 뚫고 솟아오르는, 이 뼈가 길게 아주 길게, 사다리처럼 공중으로 치솟고 있어, 뜨거운 바람이 훑고 지나갈 때마다, 눈먼 새들이 잠시 앉았다 갈 때마다, 수상한 공기가 들락거릴 때마다, 아파, 너무 아파, 나를 철봉에서 내려줘, 내려서 이 뼈를 톱으로 잘라줘, 밤마다 조금씩 두꺼워지는, 이것, 흰빛이 더욱 희어지는 이것, 창백한, 뼈의 무덤이 되기 전에, 잘라줘, 빨리 잘라줘, 내 몸속의 검은 뼈들이 달그락거리는데, 마디마디 연골의 진액이 말라가는데, 내 등을 숙주로 삼은 이것, 빛의 알갱이들이 점점이 쌓여 무덤이 갈라지기 전에, 여기저기 썩은 분화구가 늘어가기 전에, 이 뼈가 텅 빈 내 몸을 끌고 태양의 등으로 사라지기 전에, 나를 철봉에서 내려줘, 톱으로 잘라줘, 엄마, 소녀의 등에 꽂힌 초승달, 얇은 뼈가 자라 둥글고 환한 뼈의 행성이 되는데, 철봉에 거꾸로 매달려 소녀가 달 속으로 사라지는데, 달이 먹어치운, 소녀들이 흘리고 간 검은 뼈들이 밤이면 하늘에 빽빽하다는데,

이제 아이들은 학교에 가지 않고

아이들이 먹는 것은 날개의 파편이었다 차가운 총구를 핥는 입술 사이로 새까만 총알이 줄줄 쏟아졌다 불룩한 배를 쓰다듬으며 펭귄처럼 뒤뚱거리는 아이들 이 새는 왜 이렇게 딱딱한 거야 뒤통수까지 길게 찢어진 입으로 아이들이 중얼거렸다 현명한 사제도 예언하지 않았던 새로운 종족들이 바다를 건너왔다 시퍼런 죽창도 승리의 깃털도 없이 자욱한 연기가 골목마다 피어올랐다

이제 아이들은 학교에 가지 않고 날아가버린 머리통을 매일매일 찾으러 다녔다 사제의 예언은 하나도 맞지 않아 내 머리통이 어디에 있는지도 모르잖아 기름을 뒤집어쓴 긴 목 아이가 투덜거렸다 날개 잘린 새가 쿨럭거리며 뜨거운 불꽃을 쏟아냈다 아이의 피 같은 선홍빛 기름이 파편 위로 곱게 물들었다 어디선가 갑자기 몰려온 새로운 종족이 허겁지겁 기름을 핥았다 이 종족은 죽은 새를 먹는 모양이야 모래 바닥에 떨어져 물렁물렁해진 머리통을 쓰다듬으며 또 다른 아이가 웃었다

현명한 사제는 어디론가 사라지고 어지러운 폭염이 계속되었다 아이들은 학교에 가지 않고 잘못 찾은 머리통을 목에

끼워넣고 있었다 키득키득거리면서 서로의 머리통을 주물럭
거렸다 주인을 찾지 못한 머리통은 버려진 책가방 속에서 달
그락거렸다 막 태어난 아이들은 싱싱하게 파닥거리는 새로운
날개를 꾸역꾸역 씹어먹었다

담벼락, 장미넝쿨이 없는

방에 돌아와 불을 켭니다 K는 몇억 년 동안 걸어오느라 발바닥이 뭉개졌습니다 돌아오는 내내 허공에 뿌린 눈물 때문에 배가 고픈 K는 백열등 밑에서 천천히 어깨를 뜯어먹고 있습니다 오랫동안 내부를 파먹는 일은 아주 즐겁습니다 검은 뼈만 남아 덜그럭거리는 죽지 않는 이 생은 공장에서 방으로 돌아오는 길입니다 식사를 끝낸 각 방의 창마다 충혈된 눈동자가 붙어 있습니다 K는 어금니에 달라붙는 뼛가루를 혓바닥으로 핥아 삼킵니다 메마른 뼈들은 허공의 눈물과 만나 점점 속살로 차오를 것입니다 오늘밤도 K는 창에 붙은 눈동자를 떼어 주머니에 집어넣습니다 성으로 가는 길이 이 속에 담겨 있습니다 하루종일 염색통의 수많은 천을 주물렀던 손가락들이 공장 담벼락에 붙어 붉은 눈동자를 틔우는 것을 보았습니다 K의 손가락 끝, 화끈거리는 불씨 같은 눈동자 몇억 년의 겨울이 오고 공장의 염색통은 끊임없이 불꽃을 일으키며 돌아갑니다 K는 매일매일 염색천을 주무르며 담벼락을 기어오르는 데글데글한 눈동자들을 보고 있습니다 저 벽의 끝엔 성으로 가는 문이 있습니다 K는 방으로 돌아와 불을 켭니다 K는 배가 고프고 오늘도 검은 뼈를 먹고 창에 붙은 새빨간 눈빛을 떼어냅니다 저 담벼락에 피어 있는, 수많은 K는

그 건물 뒤로 가본 적이 있다

내 방 창밖에는 나무가 없다.
나이테처럼 거리의 소음을 꾹꾹 새겨둔
오래된 건물이 한낮의 열기를 식히며 서 있다.
나는 그 건물 뒤로 가본 적이 있다.
까맣게 썩은 잎들이 촘촘히 매달린 라일락 한 그루
건물에 기대 서 있었다.
한 노인이 그 밑에 앉아 쿨럭거리며
제 몸을 조금씩 나무 속으로 밀어넣고 있었다.
구멍에서 쏟아져나온
달 속을 파먹던 흰 벌레들이
노인의 머리 위로 떨어졌다.
움찔, 숫구쳤다 가라앉는
조금씩 노인을 빨아들이는 나무

사람을 먹고서
천상궁륭天上穹窿을 떠받치는 나무들,
그 오랜 소원들이 노인의 몸으로 스며든다.

나는 가지에서 잎사귀 하나를 꺾는다.
방으로 돌아와

푸르게 피어난 노인의 얼굴을
창턱에 올려놓는다.

소년과 나무

소년이 나무를 더듬으며 껍질을 뜯어낸다
저녁 해가 하늘을 밀어올리며 마을 밖으로 사라질 때,
소년의 닫힌 눈 속에 감춰진 세계가 열리고 있다

등에 솟아오른 종기처럼 몸을 둥글게 말고
새는 구부러진 가지에 앉아 탈색된 나뭇잎을 쫀다
차가운 이슬이 소년의 이마를 두드리고 지나간다
은밀하고 두려운 축제 속에서 소년이 눈을 뜬다

나무의 뿌리를 휘감고 수천 년을 사는 뱀이
붉은 혀를 풀어 서서히 나무의 혼을 핥는다
모든 내부는 더 이상 잎을 틔우지 못한다
나무를 떠메고 가고 싶은 새의 열망이
어두운 하늘의 흔적으로 남은 나무의 속살
긴 척추를 뒤틀며 낼름, 하늘을 훔치는
뱀의 몸통이 점점 부풀어오른다
나이테로 스며드는 비단 무늬
끈적이는 혓바닥 속에 맺힌 붉은 열매

소년이 상한 새를 끌어안고 천천히

썩어가는 나무 속으로 들어간다
가지에 엉겨붙은 비단 비늘이 날갯짓에 떠밀려간다
텅 빈 내부에 쪼그리고 앉아 입김을 내뿜는 소년,
그 눈 속에 선연히 떠오르는 나무

바람을 건너가고 있었다

방죽으로 가는 길에 수많은 애기똥풀이 흔들렸다. 하얀 자갈들이 방죽 주변으로 길게 누워 있었다. 이 바람을 건너면, 방죽 안으로 갈 수 있어. 그는 느리고 졸린 뱀처럼 작은 개울을 건너 방죽 안으로 들어갔다. 나는 맨발을 봄날의 햇빛에 말렸다. 그는 애기똥풀을 뚝 부러뜨리고 노란 진액을 손톱에 발랐다. 어렸을 때, 여자애들은 애기똥풀로 이러고 놀았어. 방죽의 끝에는 얼굴이 노란 여자애들이 우리를 바라보고 있었다. 그는 천천히 주변에 널린 꽃의 목을 꺾어 방죽으로 던졌다. 꽃모가지들이 뚝뚝 진액을 흘렸다. 파문이 일었다. 해는 지고, 둥그런 물결들이 하늘로 올라갔다. 저 물에 들어가서 꽃의 목을 건져 와. 나는 맨발로 그를 건너갔다. 발 없는 여자애들이 방죽을 흘러다녔다. 노란 달이 천천히 수면 위로 떠올랐다. 바람을 건너가고 있었다.

언니에게

언니에게

물고기가 된다는 것

학교를 가려고
시체가 떠내려온 천변을 지날 때마다
다리가 점점 투명해졌다

나는 매일 거슬러 오르느라
나를 알아보지 못했다

천변의 하류 쪽에 아버지는 집을 지었다
비가 오면

발바닥에서
두꺼운 지느러미가 자라났다

첫사랑

쪽문 옆에서 언니는 잠이 든다. 저녁이면 마당에서 펄럭이는 셔츠의 한쪽 소매를 만지던 언니. 동생은 더러워진 빨래에 대해 단 한 번도 말하지 않는다. 하늘을 날지 않는 새들은 동작을 멈출 줄 아는 도롱뇽 같아. 끝에 닿기 전에 한 번쯤 정지하는 일 말야. 언니는 동물도감을 펼치고 도롱뇽 꼬리를 부엌칼로 잘라 낸다. 쪽문을 드나들다 키가 큰 언니는 매일 밤 흰 목을 구부린다. 난간에 걸친 달이 몸속에 뼈를 세울 때마다 언니는 어깨가 아프다. 그를 찾아가도 될까? 이제 더 이상 손발이 자라지 않으므로 언니는 밤마다 짐을 꾸린다. 오늘의 달은 구겨진 흰 셔츠처럼 마당에 떨어진다. 쪽문을 떠나기 위해 언니는 립스틱을 바르고 깊은 잠 속으로 들어간다. 거기서 묵을 곳은 분화구밖에 없어. 달의 도면을 펼치고 도롱뇽이 분화구 안으로 기어 들어간다.

저무는 사람

태어나면서부터 우린 저무는 사람들. 생일은 미리 말해주자. 젖은 바람 부는 계절에는 얼굴을 보고 이야기하자. 머리를 빡빡 민 사람이 오랫동안 편지를 쓴다. 몸을 보니 여자였구나. 상점 주인은 창밖의 간판을 세다가 저무는 사람. 단 한 명의 노파도 없는 비 오는 골목으로 음악을 흘려보낸다.

지느러미를 감추고 들어와야 해. 여자인 줄 알았는데 그림자를 보니 물고기구나. 상점에는 푸른 비늘이 가득 찬다. 그녀가 달력을 넘기는 동안 천장에서 물이 새고 있다. 노파를 보고 싶은 계절이야. 생일을 견디며 물고기들이 모서리에 지느러미를 비빈다.

태어나면서부터 우린 비린내를 풍기는 물건들. 물고기인 줄 알았는데 장화를 벗고 보니 딱딱한 계단이구나. 그녀는 문밖의 발들을 바라보다 밤늦도록 저문다.

고무장화를 신자. 태풍이 오기 전에 생일을 미리 말하자. 바람이 젖은 달력을 찢는다. 계단 밑, 붉은 웅덩이 속에 머리를 빡빡 민 노파가 잠들어 있다.

뒤

　아름답지 않은 것을 듣키고 싶지 않아. 뒤를 돌아보지 마. 구멍이 좁다는 걸 알면서도 내내 돌아보던 너의 흰 목에서 피가 흐른다. 노인은 신에게 경배를 드릴 때마다 조금씩 무릎이 부서진다. 너무 쉽게 죽은 사람의 이름을 말하면 안 돼. 한쪽 유방이 도려내진 브래지어를 보고 한 노인이 뒤를 돌아본다. 이것은 전염병일까? 목발을 짚은 사내는 꺼지지 않는 불꽃을 뒷주머니에 깊숙이 찔러 넣는다. 신은 뒤를 돌아보는 불경한 것들의 심장을 움켜쥔다. 까마귀는 붉은 날개를 꺼내 죽은 사람의 목을 후려친다. 아름다워지기 전에 뒤를 돌아보면 안 돼. 오르페우스는 어린 딸과 침대가 없는 외계外界로 가기 위해 천상의 노래를 부른다. 목소리를 잃고 나는 자꾸 뒤를 돌아본다. 제 다리를 뜯어 먹는 늙은 개.

나선상의 아리아

검은 개가 아물어 가는 흉터를 아래에서 위로 핥으며 끙끙 댄다.

석공은 벽을 아래에서부터 위로 올려 간다. 마지막 순간에 올라가는 곳은 바닥인데, 뾰족한 도구로 무언가 써 주기를 기다리는 얼굴.

그런 얼굴로 벽돌 같은 애인들이 머문다. 허벅지를 누르며 첫 번째 애인이 유물론에 대해 말해 주었지만 내가 기억하는 건 꼭대기. 성으로 가는 나선형의 미로. 모든 성에는 좁고 긴 계단이 끝을 향해 뻗어 있다.

벽돌이 꾸는 꿈은 벽돌로만 이루어진 첨탑. 최후의 지붕. 아래에서 위로, 위에서 아래로, 징그럽다는 느낌 때문에 나는 자주 모든 것을 떨어뜨린다.

검은 개의 주둥이를 밧줄로 묶어 거꾸로 매달았던 삼촌. 타오르는 불길에서 도구를 들고 쓸 수 있는 단어는 자꾸만 변하는 내 혈액형.

점점 뭉툭해지는 얼굴로 구부정하게 잠은 애인들. 나는 몰
래 공사장 벽돌을 굴려 나선형 계단을 쌓기 시작한다.

동거녀

깨어나면 몸의 구조가 바뀌어 있어. 네가 사이프러스 나무 밑에서 너무 많이 울어 떨어뜨리고 온 혓바닥이 생각나. 그때부터 너는 왼손으로 말하기 시작했어. 내 눈 하나는 허벅지에 붙어 사라진 장면을 향해 감았다 떴지. 피로 가득 찬 자궁이 자꾸만 아래로 내려갈 때 너는 창문을 연다. 호루라기 소리가 들려. 경찰은 고양이가 먹다 남긴 쥐의 얼굴을 만지네. 네 등 뒤에는 무릎뼈에서 떨어져 나간 통증. 깨어나면 집의 구조가 바뀐다는 걸 알고 있던 너의 손을 잡는다. 가스가 조금씩 새는 가스통 위에서 창백한 구름을 보는 동안 우리가 맞잡은 손이 방문 밖으로 빠져나간다. 너는 발바닥에서 꿈틀거리는 내 눈 하나를 줍고 있구나. 눈름이 올 것 같아. 손에 감은 붕대처럼 붉은빛이 스민 눈이.

언니에게

　겨울밤에는 밖에서 안으로 들어가고 싶어. 밖에서 안으로, 아무도 없는 안으로 들어가려 할 때, 차가운 칼날 같은 손잡이를 떼 낸다. 손잡이가 있으면 한 번쯤 돌려 보고 배꼽을 눌러 보고 기하학적으로 시선을 바꿔 볼 수 있을 텐데. 어머니가 방바닥에 늘어놓은 축축한 냄새들. 언니라고 부르고 싶은 버섯들이 있었는데, 잠에서 깨면 어머니는 버섯 머리를 과도로 똑똑 따고 있었다. 손잡이를 어디에 붙여야 할까. 너는 아래쪽에 서 있다. 몸속이 어두워질 때마다 울음을 터트리는 이상한 반동. 축축하게 썩어 들어가는 안쪽을 언니라고 부르고 싶어. 너는 봉긋하게 솟은 버섯 같은 자신의 심장에 손잡이를 대고 안쪽을 열어 본다. 거꾸로 자라나는 버섯들이 잠에서 깨어 어머니의 머리를 똑똑 따 내고 있다. 네가 밖에서 안으로 들어가려 할 때, 바깥에 두고 온 손잡이를 어두워서 찾지 못할 때, 아무도 없는 안쪽이 버섯 모양으로 뒤집어질 때, 너는 성에 낀 202호 창문을 언니라고 부르기 시작한다.

봉인

나는 귀가 가장 어두운 동물입니다 젖은 베개를 마당에 널
어놓고 검은 머리칼을 떨어뜨리면 아무것도 듣지 못하게 될
거예요 방문을 긁고 가는 철근 소리 어젯밤 큰언니들이 창밖
에 걸어 두고 간 토끼의 빨간 귀 이건 놀이의 시작일 뿐 생물
시간이 되기도 전에 토끼의 목을 여섯 번이나 찌르던 큰언니
들의 찬란한 노랫소리 너무나 많은 계단 때문에 우리 집은 꼭
대기에 봉인되었습니다 언니는 머리칼을 한쪽 귀 뒤로 넘기
며 쪽지를 씁니다 베개의 나이는 헤아릴 수가 없네요

언제 저 계단을 다 내려가나요 베개에 한쪽 귀를 묻어 두고
언니는 흐르는 피를 닦아 냅니다 우리 언니에게는 가장 어둡
고 축축한, 미학적인 부위가 있는데요 아무도 그걸 찾을 수
없다고 생각하면 나는 가슴이 두근거려요

교련 시간

학교 옥상에서 미끄러지는 순간을 뭐라 불러야 할까 붕대
를 둘둘 말고 교련 시간에는 아무도 모르는 사람을 구하는 법
을 배운다

《이방인》을 무릎 위에 올려놓고 너는 딱 한 페이지만 읽는
다 맨 뒤에 앉아 창밖으로 흘러가는 구름의 귀퉁이를 칼날로
도려낸다

태양 때문에 누굴 죽이지는 않겠어 쌍둥이는 한 군데서 달
라진 얼굴을 마주 보고 침을 뱉는다

붕대를 감는 시간보다 푸는 시간이 더 빠른 너, 책상으로
기어가 바닥에 이마를 쿵쿵 찧는 너는《이방인》의 살인 이후
장면은 궁금하지 않다 담장의 나무들이 똑같은 얼굴로 창문
을 긁는다

시범을 보인 쌍둥이는 삼각 붕대를 풀고 일어난다 모르는
사람을 위해 간호사 모자를 쓴다 완벽하게 똑같지 않다면 너
는 왜 내 심장을 누르고 태어난 거니

동생의 꿈은 유전학자 밤마다 학교 담장 벽돌의 유전자 공
식을 만들며 어떤 벽돌을 빼내야 하는지 고심한다 옥상에서
미끄러지는 순간에는 몇 개의 유전 조합을 만들어야 공중으
로 떠오를까

붕대를 쓰레기통에 처넣고 너는 꼭대기로 올라간다 자신
을 구원하고 싶었던 페이지를 딱지 모양으로 접는다 딱 하나
의 다른 표정을 기억하고 붉은 눈이 된다

장마

내 등에서 몇 세기 전의 울음이 잠자고 있는지도 모른다. 아침에 일어나면 욱신거리는 등이 1센티미터씩 오른쪽으로 휜다.

의자에 앉아 등뼈에서 흘러나오는 호흡을 듣는다.

천장에 일렁이는 물비늘을 본다. 몇 세기 전의 고통은 어떤 말로 타인에게 전달되었을까. 마당에 널린 흰 빨래들은 바람의 얼굴을 감싸 쥐고 흐느낀다.

지붕에 고인 물이 방 안으로 스며든다. 위로받지 못하는 건 점점 휘어 가는 내 등만이 아니다. 어떤 종족은 사라지고 싶어서 비명을 안으로 삼킨다. 나는 눅눅한 책을 덮고 창문을 닫는다.

아침에 일어나면 등뼈에 축축하게 물이 차오른다. 장마가 시작되는 것이다.

미래안未來眼

크레타섬에는 대리석과 염소와 죽은 왕들. 푸른 이마를 문지르며 노인이 옆 노인을 끌어안는 장면. 에게해 절벽에서 우주 원자론이 처음 시작되었다는 것. 밤이면 얼굴을 깎아 비석을 세우는 여러 개의 니코스 카잔차키스 술집. 잘린 토끼 머리가 정육점 유리창에 매달려 귀를 길게 세운다. 죽는다는 건 홀로 있는 자신을 볼 수 있는 것. 노인이 옆 노인의 목을 끌어안고 염소처럼 운다. 따뜻한 언덕에서 지친 노년이 다른 노년을 배웅하는 것. 저녁이면 흔들리는 에게해 물빛. 수학 시간 옆자리에서 동맥 끊기 놀이를 하던 내 첫사랑 소녀의 까맣고 푸른 동공 같은. 절벽에는 죽은 왕들의 비밀 문자. 어린 왕은 진공 없이 텅 빈 바다를 봤다고 썼지만 홀로 남은 시간에는 우주에 꽉 찬 숫자를 보고 운다. 크레타섬 정육점 유리창에 붙어 토끼 이마에 툭 불거진 뼈 하나를 보는 저녁. 노인이 천천히 쓰러지는 옆 노인처럼 푸르고 푸르게 물이 드는.

차가운 사탕들

종유석

차가운 사탕들

동굴 안에 주저앉아
물처럼 번져가고 있다

돌이 자라난다

마음이 추락하는 동안

공기를 닦고 있는 검은 손

아무리 문질러도
이곳은 밝아지지 않는다
한밤
밤의 한가운데

떠나간 사람은 떠나가는 것에 의미가 있다

흰 돌

아무리 닦아도
너의 눈 속이 보이질 않아

나는 일생을
그저 닦아낸다는 것

남겨진 사람은
남겨진다는 것에 의미가 있다

돌처럼 자라고 있다

방공호

계절풍이 불어오기 시작했다 사람들은 무덤에서 제일 가까운 길목에 모여 있다 차분히 바람의 입안으로 들어가 앉는다 누가 마지막에 가장 아름다운 노래를 부를 수 있는지 기다리는 사람, 잠이 드는 사람, 눈물이 마른 사람, 껴안고 있는 사람, 무릎을 쓰다듬는 사람, 죽은 사람…… 바람은 구덩이에서 시작되었다 한 사람이 많이 죽은 구덩이 뒤틀리며 빠져나가는 연기들 노인들은 아픈 손을 만지고 젊은이들은 화학 공식을 풀었다 아이들은 손수건을 꺼내 코를 풀고 염소는 구덩이에 고인 물을 마셨다 우리가 하나의 이름으로 무덤에 들어갈 수 있을까 노래를 가장 아름답게 부르는 사람의 이름으로? 태어나는 순간부터 종양을 키우는 우리의 옆구리는 서로 닮아 있다 이제 무덤에 각자의 종양을 내려놓고 텅 빈 주검을 바라볼 시간 검은 카스피해를 꿈꾸는 사람들이 구덩이에 앉아 있다 눈이 없는 물고기가 사는 바다 밑의 더 깊은 바닥 오로지 정확한 시간만 바라본다는 물고기의 운명처럼 가장 정확해서 아름다운 노래는 누가 부를 수 있을까 진흙에서 바람이 올라오고 무덤으로 걸어가는 노래들이 있다 기다리는 노래, 잠이 드는 노래, 눈물이 마른 노래, 껴안고 있는 노래, 무릎을 쓰다듬는 노래,
그리고
죽은 사람

공중에서 사는 사람

우리는 원하지도 않는 깊이를 가지게 되었습니다

땅으로 내려갈 수가 없네요 보이지 않는 사람들과 싸우는 중입니다 지붕이 없는 골조물 위에서 비가 오면 구름처럼 부어올랐습니다 살냄새, 땀냄새, 피냄새

가족들은 밑에서 희미하게 손을 내밀고 있습니다 그 덩어리를 핥고 싶어서 우리는 침을 흘립니다

이 악취의 이름은 무엇일까요 공중을 떠도는 망령을 향하여 조금씩 옮겨 갑니다 냄새들이 뼈처럼 단단해집니다

상실감에 집중하면서 실패를 가장 실감나게 느끼면서 비가 올 때마다 노래를 불렀습니다 집이란 지붕도 벽도 있어야 할 텐데요 오로지 서로의 안쪽만 들여다보며 처음 느끼는 감촉에 살이 떨립니다 어쩌면

지구란 얇은 판자 같은 것인지도 모르겠습니다 조심스럽게 내려가지 않으면 실족할 수밖에 없는 구멍 뚫린 곳

우리는 타오르지 않기 위해 노래를 불렀습니다 무너진 골
조물에 벽을 세우는 유일한 방법

서서히 올라오는 저녁이 노래 바깥으로 흘러갑니다 그림
자를 길게 드리우며 우리는 냄새처럼 이 공중에서 화석이 될
까요

집이란 그런 것이지요 벽이 있고 사라지기 전에 냄새의 이
름도 알 수 있는

우리는 울지 않습니다 그저 이마를 문지르고 머리뼈를 기
대고 몸에서 몸으로 악취가 흘러가기를 우리는 남겨두고 노
래가 내려가 떨고 있는 두 손을 핥아주기를

우리는 헤어진다

만져보기도 전에 사라져버린 부족은 꿈을 깨끗하게 씻으
라는 전언을 남겼지 어떻게 하면 물속에 꿈을 담글 수 있나
우리는 한강 둔치에 앉아 발목이 흘러가는 걸 말없이 보았지
이 느낌은 무엇일까 마지막 부위가 보이지 않는다는 것은

할 말이 없어질 때 너는 늘 등 뒤에서 깊은 눈으로 날 보았지
택시를 타고 밤의 밖으로 달려갈게 나의 뒤와 너의 앞이 헤드
라이트처럼 터질 때 나는 어두운 시간을 씻고 싶었을까 살갗
에 쓰이지 않는 말들

물속으로 들어가고 싶었을까 밤새도록 조용히 서 있을 것
만 같았어 너라는 앞이 천천히 지워지면서

강물 아래로 끝으로 나는 쫓겨나고 있었는데 붉은 얼룩이
번지고 내 일기에는 왜 이렇게 네 이름이 많이 써 있을까 너를
왜 자꾸 이름으로 부르고 있나 장마가 시작되면 너무 깨끗해
서 알아볼 수 없는 꿈들이 있을 텐데

나는 더러워 더러워서 안심이 돼 만져볼 수 있는 웅덩이 발
목을 넣자 점점 빨려드는 진흙 기생충들이 우글거리는 꿈속

나는 진물을 흘린다 사라지지 않고 남아 있는 부족 악취가 나
도록 뒹굴면서

셀프 빨래방

빨래를 걸고 개고 창문을 닫는 너의 손에서 물이 뚝뚝 떨어집니다 다른 행성으로 건너가다가 미끄러진 꿈 새벽에는 미열에 시달리고 답답하고 외롭다는 너의 중얼거림이 멍청해서 세탁기를 돌립니다 금속성의 소리는 왜 이렇게 매혹적일까요 쇠냄새 나는 새벽 홀로 잠든 그림자를 만져봅니다 흠뻑 젖어 있습니다 가짜 털은 너무 춥지 짐승을 잘 찢어야만 따뜻해진다니 우리 사이가 너무 내밀하면 죽음과 가까워져 이 새벽을 얼마나 더 침묵에 담가야 그 꿈으로 돌아갈 수 있을까요 빛의 파편이 흩어진 꿈 미끄러질 때마다 야행 짐승처럼 이가 자랍니다 멍청하게 외로울 때면 쿵쿵대는 그림자 어느 과학자는 죽음이란 시간과 공간이 없는 곳에서는 존재하지 않는다고 합니다 낯선 행성에서 너는 아주 오래전부터 납작해져 있었다는 걸 이렇게 네가 버린 시간과 공간 안에서 꿀 같은 대화는 불가능한 것일까요? 너는 슬픈 이야기는 듣고 싶지 않고, 그림자는 슬픈 이야기만 하고 싶어서 우리는 매일매일 빨래를 돌립니다 물이 뚝뚝 떨어지는 털을 말립니다

친밀하게

어릴 적 이모는 애인을 만나려고 공동묘지로 가는 여자의 이름을 말해주었습니다. 애인의 얼굴을 감쌌던 삼베 천 귀퉁이를 잘라서 늘 품에 넣어가지고 다닌다고요. 떠났다는 사실이 마치 자기 삶과 같아서요. 한여름, 저는 너무 더워서 삼베 이불을 덮고 자곤 했어요. 이모는 여름에는 무서운 꿈과 친해지고, 꿈속의 유령들에게 한 명 한 명 이름을 불러주어야 한다고 했죠. 기하학적인 도형으로 만들어진, 매일 바뀌는 그녀의 이름은 어떻게 바라보아야 합니까? 내 옆에서 잠이 들고, 내 곁에서 잠을 끌고 가는, 아름다운 형태의 그것을. 저는 더운 밤이면 삼베 이불 위로 침을 흘리고 축축하게 젖은 이불은 자꾸만 발밑으로 내려갑니다. 문밖까지 흘러가면 애인의 얼굴 수건이 한구석에 잘 개켜져 있어요. 저는 자꾸만 맨발이 되고요. 발바닥에는 푸른 피가 돌고 이상하게 잠이 들면 구름을 만질 수 있다는 희망이 들었습니다. 우리가 가진 감각 이상을 죽은 애인의 이름 안에서 발견할 수 있다는 것을요. 어떤 사물도 만질 수 없다고는 생각하지 않아요. 다만 불 탄 나무 밑에서 손가락이 길어지고 발가락이 뾰족해지는 유령 같은 애인이 된 자. 삼베 이불을 덮고 배를 슬슬 문지르면 서늘한 바람이 들어오게 됩니다. 너무 더울 때는 맨발로 시간 밖으로 갑니다. 떠나는 길목에서 이모가 울고 있습니다. 무서운 현실과 친해져야만 합니다.

불에 탄 편지

붉은색 노트에 편지를 쓸 때마다 불이 인다. 몇십 번째 썼다 지우기를 반복한다. 나는 타올랐다가 꺼졌다가. 돼지고기 타는 냄새. 녹색 조명을 켰다 껐다. 눈썹이 떨어진다. 편지를 쓰면 먼 곳에 있는 빛이 더 잘 보인다. 너의 눈이 타는 냄새.

벽돌에 올려 고기를 굽고. 애인을 만나고 싶어 관 속을 열어보는 사람이 있다. 텅텅 빈 묘지를 가꾼다고 삽자루를 꽉 쥘 때. 너는 흐른다. 혀를 씹을 때 탄 맛이 난다. 푸르게 돋아나는 잡초들을 뜯고 뜯고. 이제 구멍 좀 그만 파. 자꾸 불길이 올라온다.

너를 이해할 수 없어서 희랍어를 베껴 쓴다. 도서관에는 탄 내가 가득하다. 두꺼운 책이 좋아서 꼭 끌어안는다. 모두가 부서져 잔잔하게 흩어진다. 너를 이해할 수 없어서 편지를 펼치고 통째로 외운다.

너를 만나려고 다 익은 벽돌을 뺐다. 모든 것이 타고 남은 뼈. 뼈를 이해할 수 없어서 불을 질렀지. 불길 속에서 뼈를 외우기 시작했다. 통째로, 한꺼번에 외우기 시작했어. 붉은색 노트를 펼치고, 혼자 씹던 마지막 살점을 내뱉고

나는 편지 안으로 걸어 들어간다. 굵은 펜을 새로 샀다. 바
비큐처럼 등이 타고 있다.

죽은 다음, 꿈으로 살아가는 기억들이 있지. 오늘은 불씨.
네가 있다. 네가 있구나.

헝가리 식당

헝가리 식당에 앉아 있다. 내 목을 만져보면서. 침묵에는 아무 맛도 나지 않는다는 것을…… 이런 기후는 맛없이 천천히 간다.

아무런 이상 징후가 없는. 아름다운 철창 밑에 있다. 원래의 언어로 돌아가는 것인가. 조용히 있다 보면 감각은 끔찍해진다.

수염까지 붉게 물든 남자는 접시에 혀를 대고 있다. 오도카니 앉아서. 철창을 두드리며 바람이 들어온다.

동쪽에 있는 식당. 맛없는 내가 앉아서 오래된 폐허를 헤집으며 속을 파고 있을 때.

무섭고 겁이 날 때. 수염 달린 남자는 창문을 연다. 향수병에 걸린 감각은 바람 따라 흐른다. 웅웅웅 그릇이 미끄러진다. 울림 소리를 낸다. 동쪽은 은신처가 아니지. 수염 사이로 붉은 침이 뚝뚝 떨어진다. 우리는 혼자서 밥을 먹는다.

많이 다쳤을 때는 밥을 먹어야지, 그래야 기운을 내지, 이

식당에 오면 죽은 할머니의 목소리가 가득하다. 그럴 때면 나는 세상이 맛없게 천천히 간다고 생각했다.

침묵을 먹으면 알 수 있다. 어떤 슬픈 이야기도 죽지 않고 그릇 안에 담겨 있다.

어떤 사랑도
기록하지 말기를

어떤 사랑도
기록하지 말기를

십대

불과 물. 우리는 서로를 불태우며 물속으로 밀어 넣었다. 우리는 망해가는 나라니까. 악천후의 지표니까. 우리는 나뭇가지를 쌓아놓고 불을 붙였고, 오줌을 쌌고, 자주 울었고, 나무들이 그 모습을 지켜보곤 했다.

방화범

우리가 깊어져서 검게 타들어갈 수 있다면 지금 불을 붙일까? 그녀는 뜨거운 이마를 내 심장에 대고 있습니다. 이것 봐, 너무 깊은 소리가 들리니까 자꾸만 무너져 내려. 나는 양초를 손에 꼭 쥐고 있고요. 언제쯤 밤의 회오리가 끝이 날까요. 불을 붙이면 자꾸만 꺼져버리는 이상기후 속에 나는 버려져 있습니다. 이렇게 숨이 안으로 안으로 더 깊이 들어가는데 꺼지기 전에 붙일까? 흰 눈이 오기 전에. 그녀는 이미 녹아내리는 손을 뻗어 내 심장 안을 만져봅니다. 이 안에는 뭐가 이렇게 축축한 것들이 잔뜩 있을까. 그녀는 액체처럼 말을 합니다. 흘러내리는 감각. 촛농이 흘러내리는 이것은 불인가요 물인가요. 그녀가 나의 안을 헤집으며 흘리고 있는 물질은. 한밤에 빛나고 있는 이 물질은. 창 안으로 함박눈이 쏟아집니다. 무겁고 무서운 것들이 바닥으로 계속해서 떨어집니다. 우리가 눈 속에서 나갈 수 있다면 이 파티는 시작될 수 있을까요. 깊이를 벗어나 좀더 가볍게 신발을 벗고 옷을 벗고 뭉개진 자신을 벗고 가장 작은 입자로 둥둥 떠다닌다면요. 그녀의 물질이 스며들 때마다 나는 어지러운 백발이 생겨납니다. 나는 양초를 사 모으고요. 불을 붙이려고요. 두 손을 모읍니다. 나는 회오리 속에 남아 계속해서 버려집니다.

교회에서

우리가 등밖에 없는 존재라면 온 존재를 쓸어볼 수 있다
우리는 왜 등을 쓸어내리면서 영혼의 앞 같은 것을 상상할까

등을 만지면 불씨가 모여 있는 것처럼 따뜻하다고 생각했어

너는 의자에 앉아 있다
구부린 채 도형의 마음을 헤아리고 있다

형식으로는 이해가 가지 않는 일들 때문에
등은 점점 더 깊어진다

이렇게 하면 붉은 동그라미밖에 남질 않는데
그렇다면 마음의 형식이라는 것이

네 등에 얼굴을 묻으면서 불처럼 타오르고
무너지는 네 안으로 들어가
흩어지는 영혼 앞부분으로 번져가는데

우리는 서로를 모르고
알 수가 없어서 함께 불탄 것이겠지

누군가 내 등에 기름을 흘린다
몸을 구부리고 눈물을 흘리면 오래 묵은 기름 냄새가 난다
어른은 죽는다는 것이다
죽지 않으면 어른이 될 수 없겠지
이런 기도문을 쓰고

엎드린 채 기도를 하고 있는 등을 보면 쓸어주고 싶다
이미 불타오르고 있으니 마음을 바치지 않아도 된다고

추운 사람들이 모여 있다
서로를 모르지만 뒤를 보고 있다

여름에는

내가 아는 밑바닥이 있다. 물이 가득하지. 나는 한 번씩 떨어진다. 물에 젖어 못 쓰게 되는 노트. 집에는 빈 노트가 너무 많다. 버릴 수가 없네. 밑바닥이 들어 있다. 자꾸만 가라앉지. 어디도 내 집은 아니지만. 첨벙거리며 잔다. 베개가 둥둥 떠내려간다. 괜찮아. 어차피 바닥이라 다시 돌아와. 그가 이마를 쓰다듬어준다. 그는 손이 없고 나는 머리가 없지만 침대는 둘이 누우면 꽉 찬다. 투명해질수록 무거워지는 침대. 빈 노트. 빽빽하게 무엇이든 쓰자. 아무에게도 보여주지 않는다. 무너지는 창문 밑에서 나는 썼다. 늘 물에 젖었다. 알아볼 수 없어서 너무 행복하구나, 혼자 중얼거렸다. 한 번씩 떨어져서 내부로 들어가 본다. 여럿이 함께 잠들면 더 고요하고 적막해서 무서웠지. 그 사이로 물결 소리가 난다. 죽은 그가 아직도 책상에 엎드려 있다. 너는 모든 것을 쓰기로 했어. 나에게 보낸 편지처럼. 모든 것을 낱낱이 쓰기로 했지. 하지만 아무리 써도 채워지지 않는 물속. 아무리 쌓아도 그것은 언제나 사라진다. 한심한 놈. 죽은 그가 중얼거리며 나를 본다. 물이 뚝뚝 떨어진다. 떠날 수가 없구나. 나는 너의 신발을 썼다. 무거워서 다시 신을 수가 없는데, 나는 자꾸만 신발장에서 쓴다. 한 번씩 들어오는 내부라니. 비밀은 제대로 쎅어지는 법이 없지. 쓸 수 없어서 조금씩 마모되는 것. 죽은 그가 나를 통과해 걸어간다. 부식되어 가는 발로 걸어간다. 아무것도 쓰지 못해서 너는 이곳에 도달할 수가 없어. 진창에서 잠만 자는 너는. 그의 목소리가 멀어진다. 나는 그의 신발을 신고 있다. 둥둥 떠내려 간다. 밑바닥에는 모든 것이 돌아올 텐데.

양조장

집이 너무 오래되면 사람이 된다는데 할머니는 가끔 지하에 내려간다. 그곳에는 비에 젖은 술통이 가득하고 썰다 만 돼지고기가 굴러다닌다. 그래서인가. 풍요롭고 넉넉한 지하 세계가 있다는 전설이 때로는 현실 같지. 할머니는 손가락을 뻗어 술통의 빗물을 쓸어본다. 비를 찍어 맛본다. 이 감각은 무엇일까. 피에 젖은 수건처럼 손을 물들이는 이 맛은. 잘 벼려진 칼날로 남은 돼지고기를 썰다가 할머니는 낄낄거린다. 어둡고 붉다는 것이 한때는 사랑의 감각인 줄 알았지. 썩어가도 맛있었지. 항아리 모양의 치마 안에 숨어 있던 서늘한 살 조각들. 뭉개지며 바닥으로 흘러가도 좋았지. 그때마다 할머니의 지하가 넓어졌지. 계단을 내려가서 계단 밖으로 멈추지 않고 내려가면 울고 있던 돼지들은 크고 굵은 할머니의 다리가 되었지. 한번 들어오면 계속 안으로 들어갈 수밖에 없는 거야. 고통에 푹 익어가는 향기로운 술통들처럼. 할머니는 가혹한 진입의 운명을 알고 있지. 숨을 참는 울음은 잘 익어서 내내 깊어질 수밖에 없다는 걸. 그것을 아무도 원하지 않는다는 걸. 사람의 안쪽에 집이 생기고 그것을 자꾸만 잊는다는 걸. 그곳은 너무 멀어서 꿈처럼 무너진다는 걸. 사람이 사람에게 건너가는 일은 집을 다 부숴야만 가능하다는 걸. 그렇게 지하에는 가다 만 영혼들이 서로의 입김을 나누며 술을 마시

고 있다. 비인지 눈물인지 알 수 없는 핏기가 비릿하게 퍼져나
간다. 그것이 사랑인 줄 알았는데. 영혼들이 휘청거리며 서로
에게 부딪친다. 새 술통을 따는 할머니는 지도에 없는 시골
마을에서 향기로운 지하의 전설을 파고드는 사람. 무관한 창
문에 가느다랗게 들어오는 빛으로 유서를 쓰는 사람. 너무 넓
어서 건너갈 수 없는 이 지하에서 어떤 화석이 되겠습니까.
할머니는 대저택처럼 커지고 있다. 정원에는 수천 년을 통과
한 나무들이 지하로 자라고 술통이 점점 부풀어 오른다. 내가
가보고 싶은 북쪽의 맑은 숲.

4월의 해변

해변을 걷다 보면 내가 자꾸 떠내려온다. 발이 많으면 괴물처럼 보이지. 나는 편지를 쓰러 해변에 자주 온다. 무엇인가를 썼다고 생각했는데 다 젖어버렸다. 다시 쓰러 기울어진 선박으로 들어간다. 물 가까이에서 살면 산책할 때마다 울게 돼. 그 울음을 헤치고 나아가느라 발이 많은 괴물아. 체육복을 입은 소녀들이 서로 발이 엉켜 모래밭에서 뒹군다. 파도는 그들에게 닿지 못한다. 오래된 과자 봉지를 뜯으며 다 죽었는데 발처럼 많아지는 마음을 들여다본다. 너무 살려고 애쓰지 마. 물을 뚝뚝 흘리며 소녀들이 모래사장을 걸어간다. 모두 돌아가자. 쉴 수 있어. 해변에서.

녹은 이후

눈사람이 녹고 있다
눈사람은 내색하지 않는다
죽어가는 부분은

에스키모인은 마음을 들키지 않기 위해
막대기 하나를 들고 집을 나선다고 한다
마음이 녹아 없어질 때까지
걷는다고 한다
마지막 부분이 사라질 때까지

그들은 막대기를 꽂고 돌아온다고 하는데
그렇게 알 수 없는 곳에 도달해서
투명하게 되어 돌아온다고 하는데

나는 어디로 간 것입니까
왜 돌아오질 않죠
불 꺼진 방 안에서 바닥에 이마를 대고
얼음처럼 기다렸는데
누군가가 돌아올까 봐
창문을 열어두고 갔는데

햇빛 아래
죽어가는 부분이 남아서
흘러가고 있습니다

누군가의 발밑으로
엉망인 바닥으로

형태가 무너지는 눈사람

이렇게 귀향이 어려울 줄은 몰랐는데
흰 눈으로 사람을 만들고
죽어가는 모습을 지켜본다

이런 걸 봄이라고 한다면

병 속의 편지

어둠이 검은 물질로 만들어졌다고 상상한 이후부터 시간
의 꿈을 담고 싶어졌습니다. 병에 담으면 될까요? 긴 시간을
건너왔으니 따뜻했던 밤으로 돌아가고 싶어져서

그는 매일 밤 술을 마시고
병을 모으고
병을 세우고

여기에 오는 모든 사람은 찰랑찰랑한 어둠을 만질 수 있을지
도 모릅니다. 병의 입구를 꽉 움켜쥔 채 잠이 들고

나는 이불 밖으로 빠져나가는 무관한 것들을 자꾸만 쓸어
담고

너니까, 너라서, 너 때문에 지옥에 있었지. 우리의 싸움이
검고 어두워질 때 너라는 사실 하나로 모든 시간은 꿈이 되었
지. 전도서를 펼치면 허무, 허무, 모든 것이 허무로다……

나는 그 문장에 밑줄을 그었습니다. 다시 지웠습니다. 구약
성경은 어떤 종말보다 잔혹해서 병에 담고 싶어지는데

그는 매일 밤 펜을 버리고
문장을 버리고
자신을 버리고

아무것도 쓰지 마. 무관한 것들을 쓰지 마. 돌아올 수 없는
것들에 대해서 쓰지 마. 이제는 쓰지 마.

아름다운 것들은 기록되면 파괴되지.
사라질 수가 없지.

그는 연애편지를 이렇게 건네네요. 어떤 사랑도 기록하지
말기를. 영원히 느끼고 싶다면 그저 손이라는 물질을 잡고

병의 입구를 열고

여름만 있는 계절에
네가 왔다

여름만 있는 계절에
네가 왔다

기숙사

백 년 전에 어린 직공이었지. 이틀 만에 재봉실을 온몸에 휘감고 공장을 뛰쳐나온 무력한 실타래였지. 공중을 자수처럼 박고 어쩔 줄 몰라 무용한 옷감이 되어버렸지. 공장 뒷골목을 떠도는 유령 같은 박탈자였지. 창밖에는 혁명의 노랫소리가 울려 퍼지고, 전사들이 쓸어 담아간 담요를 향해 겨우 기어가는 개의 이빨이었지. 진창에 빠진 구름을 먹고…… 그녀는 혼자만의 노래를 멈추고 거울을 본다. 자신을 변화시키는 데 선수인 그녀의 어지러움은 시간을 뛰어넘어 자꾸만 안쪽으로 내달린다. 언니, 언니는 이제 겨우 스물세 살인 걸요. 나는 불투명한 거울을 닦으며 말한다. 자주 머릿속에서 전등이 켜졌지. 양철통에 걸레를 빨고 기침을 할 때마다 불이 켜졌다 꺼졌다 공장이 문을 닫을 때마다 친구들과 해쓱한 얼굴로 골목 밖으로 쫓겨났지. 그래도 우린 부러진 다리에 붕대를 감고 식은 밥을 나눠 먹었지. 언니, 언니는 책 한 권 읽은 적 없잖아요. 언니의 시간은 엉망진창이에요. 나는 방 안 조명을 끄며 말한다. 빛이 사라지자 창밖에서 새들이 추락하고 있는 것이 보인다. 바깥으로 떨어질 때 첨탑에 매달려 흔들리는 흰 수건 같은 친구들을 보았지. 슬픔이 무너져 내리는 곳이 고향이라는데, 이 진창에는 백 년이 넘어가도 채워지지 못한 텅 빈 시간들이 담겨 있지. 재봉틀을 굴리며 불타는 공장 안에 덩그러니 남겨

진 가장 어린 나도 있었지. 수많은 내가 있었지. 언니, 언니가
껴안고 있는 피 묻은 베개부터 내려놓아요. 언니의 노래는
너무 길고 끔찍해요. 나는 언니에게 이불을 덮어준다. 어둠
속에서 두꺼운 사전을 펼친다. 추락하는 새들이 가닿을 곳이
없었다.

시인에게는 시인밖에 없다는 말

죽지 않는 세계에 대해서 써보자고 했을 때 너는 종교의 붕괴를 먼저 썼다.

우리는 숲에 있었다.
숲의 산장에, 산장의 지하실에. 죽지 않을 테니 이제 신은 필요 없어. 너는 지하실 창문을 올려다보며 즐거워했지. 창문으로 잎사귀가 조금씩 떨어졌다.

나는 흩어져 있는 바닥의 돌들을 천천히 더듬었다. 삶만 영원히 계속되다니. 죽음이 없다는 충격. 우리는 점점 더 낮게 엎드렸다. 죽지 않는 서로의 이름을 쓰자. 너는 한참 동안 보이지 않는 펜을 꾹 움켜쥐고 있었다. 빛이 떨어질 때까지.

아무것도 쓰지 못하고 너는 내게 말했다. 얼마나 아프길래 너는 내 꿈에 나온 거니. 죽지 않으니 영원히 아픈 자. 절뚝거리며 내 꿈에서 나가줘. 네 옆에서 웅크리고 있던 나는 천천히 사방으로 뒹굴었다. 배가 아팠다. 낮게 떨어지는 것 없이는 빛도 어둠도 이름을 잃을까. 숲에서는 알 수 없는 것들이 계속될 텐데. 이럴 수가. 너무 당연한 말이잖아.

너는 멀어지려는 내 손을 꽉 잡았다. 부스러기가 떨어지는 내 손을.

포개어진 손으로 나는 백지를 가득 채우기 시작했다. 무형의 상태로. 시간 속으로 들어가 조금씩 깊어지는 숲처럼. 숲의 어두운 지하실처럼. 꿈에서 빠져나온 한 무더기 돌처럼. 텅 빈 백지에서 잉크가 뚝뚝 떨어졌다. 죽지 않아서 쓰는 일도 멈출 수가 없잖아.

붕괴해봤자 영원한 붕괴란 없다. 우리는 죽지 않고 신이 사라지고 신 아닌 것들만 남아 있다. 너는 그림자처럼 일어나 긴 장화를 신고 쓰레기를 밟았다. 네가 걸을 때마다 우리의 지하실은 점점 넓어졌다. 우리는 어떻게 될까. 우리의 영혼이 다른 몸으로 갈아탄다면

외롭지 않지. 외롭지 않으니 슬플 일 따위도 없지. 내 손을 점점 더 깊은 바닥으로 잡아끌면서 너는 웃었다. 너는 웃으면서 붕괴했다. 잉크를 쏟았다. 바닥에서 흐르는 잉크를 더 먼 곳으로 흘려보냈다. 떨어지고 흐른 후에야 활자 하나 얻는 시간이 있다. 창문에서 떨어지고 있다.

싱어송라이터

죽은 가수의 노래만 듣는다. 노래는 죽은 사람의 것이 제맛이지. 너는 살아 있어서 목소리가 심심해. 모서리에 서서 술을 마셨지. 토할 것처럼. 죽음에 전염될 수 있지 않을까. 죽은 자들은 노래를 잘해. 노래에서 좋은 냄새가 나지. 클럽에 머리를 두고 왔다. 그걸 찾으러 가야 하는데. 죽은 가수의 노래가 넘치는 곳. 정육점에 거꾸로 걸린 토끼 머리. 크레타의 정육점에는 노래가 있지. 붉은 노래가 흘러넘치는 섬. 거꾸로 걸린 노래를 들고 그곳을 걸은 적이 있지. 너는 살아 있어서 노래를 못해. 살아 있는 자들에게 노래를 시키지 마. 나는 토끼처럼 뛰었지. 죽은 가수의 노래만 듣자. 한 번 듣자. 또 한 번 듣자. 모서리에 서서. 악보를 펼친다. 클럽에 머리를 두고 왔으니 노래는 뚝뚝 흐르지. 저녁이 오고 있어. 붉은 노래처럼 저녁이 온다. 노래는 전시되는 나의 것이 제맛이지. 너는 살아 있으니 악보를 구겨버려. 생활은 구겨버려. 죽은 시인의 노트를 꺼낸다. 노래는 없고 죽은 시인만 있다. 이 여자는 어디 갔지. 술을 마신 후에 길을 잃고 기생충이 우글거리는 네 마음 안을 걷다가 왔지. 냄새를 맡았지. 전염된 노래를 듣고 싶어. 한 번도 가본 적 없는 섬에 머리를 두고 왔다. 죽은 시인은 어디 갔지. 노래는 어디 갔지. 나는 침을 흘리며 마이크를 손에 꽉 쥔다.

순간과 영원

너는 나를 보고 있다 전봇대에 기대어
나는 흐른다 전선 사이로

너는 불을 쥐고 있다 건조한 사막에서 죽지 못한 나무로 살
아본 전력이 있다고 그곳에서도 이곳에서도 목이 너무 마르
다고 너는 조금씩 입안에서 불을 흘리고 있다 깊어지는 모든
것 때문에 목이 마르다

붉은 흙에 뿌리를 박고 영원을 떠올리면서 너는 마르도록
울었다고 했다 바싹하게 부서져도 잠깐일 뿐 울 때마다 재가
떨어진다는 것 이것은 꿈일 뿐이야 전봇대를 끌어안고 너는
꿈속으로 불꽃처럼 걸어 들어갔을 뿐

너는 수천 년을 굵고 타다 남은 나무처럼 무서운데
내 영혼은 물만 흐른다니

나는 이미 살아본 전력이 없고 죽어본 전력도 없이 흐르기
만 해 시작이 없으므로 끝도 없이 아무 무서움 없이

물결처럼 두통이 흐르고 나는 습지에 내던져져 있다 두 주

먹 꽉 쥐고 싶지만 자꾸만 흐르는 물 나를 봐 우는 소리가 모여
들어 썩어가는 냄새가 난다

여름만 있는 계절에 네가 왔다
불탄 얼굴로 왔다

우리는 공터에서 마주 보지
폐허가 된 서로를 더듬으며

내가 빠져나가며 흐를 동안
너는 나에게 목이 마른 나무
꿈에서 걸어 나와 불타오르는 나무

너무 가까워서 때로는 혼동되는 너와 나
서로를 물들이며 파괴하고 싶은 너와 나

불탄 자리가 젖어 있다
의자가 놓여 있다

작업반장

　인간은 멸종해라, 하수구에 들어가 중얼거리고 있을 때 인간들이 떼로 지나간다. 멸종할 수 있을까? 나는 더 깊숙이 엎드려 의심하기 시작한다. 나보다 더 깊숙한 곳에서 전기 건설 기사가 작업을 하고 있다. 플래시를 떨어뜨리고 아차차, 그는 외마디 비명을 지른 채 더 깊이 들어간다. 나는 눈을 뜬 채 의심의 바닥 안으로 주저하며 들어간다. 이 하수구 안에는 그가 있다. 낮은 포복으로 플래시를 찾아간다. 자기 안을 더듬는다. 그렇다면 사라질 듯 말 듯 이 빛은 어디에서 움직이는 거지. 그는 영원히 작업을 지휘한다. 무형의 형태가 가득한 이런 곳에 그가 있으니 어떤 멸종도 이루어지지 않겠지. 나는 보이지 않는 행렬의 끝에 서서 어느 쪽으로 가야 할지 알지 못한다. 이 전선과 저 전선을 이어야만 빛이 드니까! 그는 자신의 내부에 대고 소리치지만 아무도 듣지 못한다. 그는 사우디아라비아에서 자신의 안을 키워온 사람이다. 사해의 소금을 먹으며 바닥으로 가라앉지 않을 수도 있다는 것을 알아버린 사람이다. 활활 타오르던 녹슨 철판 위에서 죽지 않을 수도 있다는 것을 알아챈 사람이다. 나는 전선 사이를 흐르는 극의 감각을 알 수 없어 구석에 웅크린 채 그의 안을 살펴본 적 있다. 가끔 그는 내 머리칼을 쓸어주었지. 깊이 들어가면 행렬의 끝에 다다르나. 맨 마지막 자리에는 누가 멸종을 시도하나. 하수구

위에서 인간들이 떼를 지어 사라지고 있다. 어둡고 처참한 자리에는 그가 있다. 이 전선과 저 전선을 이어 붙이기 위해 플래시를 찾는 자. 나는 빛을 끄고 싶어 병든다. 어떤 깊은 어둠 속에서도 빛은 꺼지지 않는다.

그 여자 이름이
나하고 같아

그 여자 이름이
나하고 같아

친분

병원에 간다.
친한 사람을 찾고 싶다.

희미한 냄새가 혈액 안으로 가득 찬다.
부풀었네요.

친한 사람으로 가득 찼으면 좋겠다.
이 병원이

하나같이 절룩거리고
하나같이 얼굴이 무너진 자들

입원 기간 내내 한 침대를 쓰던 사람이 복도 끝에서 손을
흔든다.
오랜 숲을 걸어와

이 황야에서 아름다워지려 한다.

죽음을 빛나게 하려면 어떻게 해야 하죠
내 혈액이 모든 것을 먹어치우고

흐르다가 어딘가에 낀 껍데기를 빼내려고

서로를 찌르고 있다.

희미하고 두려운 냄새가 가장 가까이에 있다.

병원에 있는 친한 사람과
친한 사람 사이에

점성술

끝나지 않는 두통 때문에 우리는 각자 다른 곳에서 울었다. 서로 알지 못했고 서로에게서 멀리 벗어나 있었는데. 그는 내게 태어난 이유를 물었다. 아무도 알지 못하는 그런 질문은 매우 신비롭다고 생각했지. 너무나 끔찍하다고 생각했지. 그는 가끔 길거리에 주저앉기도 한다. 나는 그와 나란히 길에 있지만 우리는 다른 곳을 볼 때가 많다. 너는 돌에 집착하고 있다고, 너라는 광부는 한때 생존했던 유기체들의 과거 유물을 지상으로 옮겨오는 역할을 하는 사람이라고 그는 내게 적어주었다. 요약하자면, 지적인 헌신이야. 이런 것은 음악으로 옮겨 적어야 하는데, 다른 사람들의 두통을 앓느라 음악이 흘러들 새가 없구나. 그는 내게 두통과 상관없는 처방전을 써주고 음악이 없는 자신의 집 안으로 들어갔다. 행성이 너무 빠르게 돌고 있어서 자꾸만 충돌한다고, 죽음과 삶의 경계에서 태어나 이동 중이라고, 귀가 너무 크게 열려 있어서 모든 소리가 폭발한다고, 그는 내게는 들리지 않는 음악을 흘려보내고 간판의 불을 끄고 집 안의 깊은 내부로 들어갔다. 버려진 숲처럼 사방에 푸른 돌이 깨져 있었다. 나는 근원이 깨져 있는 내가 마음에 들었다.

불쏘시개

　양초가 가득한 방에 심장을 묻고 천천히 촛농이 되어가는 소설을 읽은 적이 있다. 그런 내용은 없었지만 나는 열여덟 살이었고 그런 것은 중요하지 않은 채 굳어갔다. 게보린이라는 오래된 노트가 떡 진 나의 흉터를 내내 바라보고 있었는데 조금씩 흘러내리는 뜨거운 살이 흉터 없이 사라지려면 무언가를 쓰지 않아야 한다는 것을 알았다. 그러나 이것도 게보린에 쓰였다. 방 안에 넘쳐흐르는 패배자의 심정에 대해, 그 심정에서 나는 악취에 대해 이상한 문장으로 써보려고 했다. 눈이 멀어서 아무것도 보이지 않았으므로 코는 점점 커졌고 모든 것이 밑으로 떨어져 밑의 바깥으로 번져가는 동안 코만 남을까 봐 걱정스러웠다. 소설 속의 여자 주인공은 천천히 걸어 나와 라이터로 내 코에 불을 붙였다. 여기에서 냄새가 제일 많이 나네. 검은 우산을 쓰고 그녀는 자기 코를 감싸 쥐었다. 이 더러운 냄새는 불태우면 좋아져. 나는 눈을 뜨고 눈이 먼 자. 그녀를 향해 뭉툭한 팔을 뻗어보았고 재처럼 좋은 냄새를 만질 수 있었다. 너무 깊게 읽지 말고, 너무 동화되지 말고, 너무 매혹되지 말고, 너무 사랑하지 말고. 형태가 없어진 내 귀에 대고 속삭이던 그녀는 녹아내리는 자기 심장에 불을 붙이면 살아난다는 것을 알았지만 나에게 자꾸 석유를 들이부었다. 죽을 수 없을까 봐 무서워서 그래. 그녀가 오줌을 싸며 조금 울었다. 시작도 하지 않았는데 실패할 수 있으니 얼마나 다행인가, 나는 그런 생각을 하며 바깥으로 빠져나가는 오줌 소리를 들었다. 교장이 아끼는 붉은 맨드라미를 뽑고 싶다는 충동은 단순히 징그러운 것에 대한 패배의 심정인가, 게보린에 쓰지 못한 내용에 그녀가 인주를 잔뜩 묻혀 도장을 찍었다. 교장은 방문을 벌컥 열고 들어와 교지에 실린 나의 시를 쫙쫙 찢었다. 이 건방진 마귀 같은 게! 교장은 내게 놀라운 별명을 붙여주고 마구 웃다가 방 안에 숨겨진 절벽 밑으로 떨어졌다. 나의 몸에서 석유가 흘러나왔다. 누구나 타인에게 자기 자신을 말하는 법이지. 검은 태양이 이곳으로 떨어지고 있었다. 그녀는 나의 이마를 쓸어주며 말했다. 너는 열여덟이지만 덩어리진 너의 모든 것이 평생 불쏘시개로 쓰인다는 것을 알 수 있을 거야. 평생 같은 건 없지만 순간이 내내 이어질 거야. 주인공은 죽지 않지만 주인공은 죽게 될 거야. 그녀는 펄펄 끓는 난로에 원본을 집어넣었고 그녀의 심장이 불타오르기 시작했다. 눈이 먼 나는 석유를 핥으면서 이빨이 잔뜩 난 식물들이 불길 속에 던져져 있는 것을 보았다. 처음부터 패배를 배운다는 것이 얼마나 놀라운 일인지에 대해 나는 생각했다. 천천히 기어가 방 밖에 버려진 양초들을 모두 주웠다. 아무것도 보이지 않았지만 소설의 첫 페이지를 읽었다.

고적운

　구름을 묘사하시오 엷은 판자나 둥그스름한 덩어리 또는
롤 모양의 조각들이 모여서 된 백색이나 회색 덩어리 양 떼가
공중을 밟고 지나가죠 나는 그때 공중처럼 부드러운 것에 짓
밟히는 기분으로 열아홉을 보냈죠 만져지지 않는 것을 묘사
하느라 공책을 접으며 저절로 몰두하게 되었는데 얼굴이 검
게 물든 양 한 마리가 떼에서 떨어져 나왔죠 이 구름이 물방울
로 되어 있다고 하는데 나는 자꾸 미끄러져 울게 돼 비가 오고,
양처럼 가느다란 목소리였죠

　극한 기온으로 떨어질 때 얼음으로 된 구름은 무엇인가 그
럴 때 나는 친구와 얼어붙은 공중 정원에 버려진 신발이 되었
죠 슈즈는 복수형 우리 내부에서 버려진다는 것의 달콤함에
이미 몰두했던 열아홉이었죠 양은 어떨까 사람이 좋고 사람
이 싫을까 우리는 하얗게 피어오르는 서로의 털을 빗으면서
낄낄거렸는데 과학 시험 답안지는 텅 비어 있었습니다 어차
피 세상에는 지옥 개들이 들끓을 테지 우리는 순한 털을 계속
움켜쥐고 놓지 않았죠

　네가 뭘 좋아하는지 알아 선생님은 신발을 구겨 신고 답안
지를 찢었습니다 아무것도 적지 마라 이 떼에서 떨어져 나와

지상으로 뚝 떨어진다는 것을, 피 흘리는 양 한 마리 된다는 것을 알고 있잖아 공중의 신이 문을 닫으면 너는 순한 양의 얼굴로 창문을 열겠지 대기가 불안정할 때 두꺼운 양떼구름이 지나가고 비는 오지 않는다 선생님은 종이 울리자 찢어진 답안지를 짓밟고 공중으로 나아갔죠 우리는 구겨진 채 웃었습니다 언젠가 끝나겠지 절벽에 선 양

내 친구 타투이스트

죽어 있는 사람을 바라보고 있습니다. 꿈이라고 시작하면 어떨까요. 나는 흰 밀가루를 뒤집어쓰고 있었습니다. 죽은 사람에게 다가가려면 꿈이라는 유령이 되어야 할까요. 심장 근처에 새겨진 동그라미 문신. S는 이제 지우지 않아도 됩니다. 문신이 늘어나는 일은 없겠죠. 영원이란 그런 것인가요. 함께 책을 읽게 된 순간부터 우리는 늙었습니다. 우리의 치마를 들춰내는 같은 반 남자아이들보다 복잡했죠. 수치심이라는 단어를 배웠습니다. 손에 묻은 흰 가루를 털고 아이들이 깔깔거렸습니다. 공중에서 밀가루가 떨어지면 죽은 사람도 눈에 띕니다. S는 홀로 바닥에 앉아 있었습니다. 아무도 보지 못했습니다. 당번인 나는 운동장에 흰 선을 그리고 배구공을 던졌습니다. 죽었어! 비명처럼 나는 이 말을 사랑했습니다. 죽은 사람들이 바깥으로 밀려납니다. 죽었어! 나는 죽은 사람들을 밀치고 더 넓은 바깥으로 밀려갑니다. 보이지 않는 S의 체온이 나를 따뜻하게 감쌌습니다. 성당에 가면 죽은 사람들이 살아났습니다. 엄마는 울고 있는 내 머리통을 배구공처럼 쓰다듬곤 했죠. S는 낡은 체육복을 벗어 던지고 불에 탄 신발을 신습니다. 가볍습니다. 흩날리는 자세로, 어리지만 늙은 유령들에게 공을 던집니다. 미쳐버릴지도 몰라. S는 살아 있는 동안 지하 방에 있었습니다. 밑으로 내려가는 일이 자기에게 어울린다고 말했습니다. 시간은 멈추는 것일까요, 타오르는 것일까요. 나는 꿈처럼 S의 주위를 맴돕니다. 오랜 시간이 흐를수록 복잡해서요. 이제 그녀는 움직이지 않는데 자꾸만 어제로 원을 던지고요. 성당에는 오늘도 노래가 울려 퍼집니다. 나는 밀떡을 받아먹으며 움직이는 유령들을 세어봅니다. 이곳은 아름다운데 산 자들이 너무 많습니다.

사제의 개

신, 괴물, 이방인 다 같은 말인가요? 나의 질문에 노인은 고개를 갸우뚱했습니다. 한평생 너무 깊게 믿어서 이젠 아무 것도 모르겠는데. 그는 오래전에 죽었지만 웃으면서 말해주 었습니다. 죽고 나니 너무 많은 무늬가 그의 얼굴을 옥죄었어 요. 살아 있을 때 이런 무늬들을 조금씩 찢어냈어야 했어. 그 는 아무것도 보이지 않았거든요. 내 척추뼈가 한밤을 질질 끌 고 다녔습니다. 어둡구나. 그는 공원의 가로등 빛에 둘러싸여 있는 나를 보며 말했습니다. 집에 가면 언제나 이방인이야. 살아 있는 동안 집이란 집은 없단다. 죽으면 생길 줄 알았거든. 나는 그의 속삭임을 듣고 있었습니다. 참으로 답답한 일이죠. 죽어서도 우리는 할 말이 많아요. 그런 게 괴물일까요. 무無로 던져졌는데 무 밖이 있다고 믿었습니다. 없는 것의 밖이 있을 까요? 나는 꼬리를 흔들면서 한자리를 뱅뱅 돌았습니다. 침은 참 많은 말을 대신 해줍니다. 공원 바깥으로 천천히 걸어가며 백발의 노인이 외쳤습니다. 신에게도 표정이 있다면 별다를 게 없을 거야. 괴물처럼 보이지. 얼굴에 무늬가 꽉 차 있어. 그는 무늬들을 떼어내느라 여전히 바빴죠. 떠도는 이방인에 게 질문이란 어울릴지도 모르겠어요. 그는 매일 울면서 내 등 을 쓰다듬었습니다. 왜 하필 나인가. 살아 있는 동안 질문을 버리지 못했습니다. 살아 있는 동안 그는 신처럼 보일 때도 있었습니다. 백발 때문일까요? 흰빛은 늘 그렇게 피를 묻힐 준비를 하고 있었습니다. 왜 너이면 안 되는가. 신은 늘 대답 없는 질문을 좋아하고. 교회를 다니던 그의 아들은 찰떡을 좋아했습니다. 사제는 매일 대답을 원해. 아들은 투덜거렸지만 운이 좋았죠. 찰떡을 몰래 먹다가 숨이 막혀 죽을 뻔했으니까요. 흰빛 아래에서 떡이나 먹다니. 집에 가고 싶었지만 나는 괴물처럼 보일까 봐 지도 밖으로 걸었습니다. 노인이 내 옆에 있었는지 잘 기억이 나질 않아요. 살아 있는 동안 그의 눈치를 살피느라 내 꼬리는 몇백 번씩 부서졌습니다.

표백

　슬플 때마다 세탁기 안에 들어가 사라진다는 사람 이야기를 들은 적이 있다. 혼자서 삼겹살 일인분을 굽고 맥주 한 병을 마시고 불판에 목을 떨어뜨린 사람하고 같은 사람이다. 그루지야공화국에 가서 늙은 병정이 되고 싶다고 말했던 사람. 나는 그녀가 좋다. 이상하고 무섭다. 친구여 낮술에 취해 얼굴이 불타오르는 노인이 춤을 출 때 그 옆에서 같이 어깨를 들썩이지 마. 나는 세탁기 안에서 마르지 않은 빨래를 겹쳐 입고 노인처럼 휘적거리는 그녀를 본 적이 있다. 내가 노인이 되었을 때 아무도 같이 춤을 안 춰줄까 봐. 그녀가 말하며 웃을 때마다 희미한 모든 것이 내부에서 시작된다. 홀로 고깃집 불판에서 바닥으로 떨어지며 그녀는 얼룩이 되었다. 사람들이 밟고 지나갈 때마다 너는 너무 무거워서 바보 같다. 이상하고 아름답다. 나는 그녀를 보며 중얼거린다. 어지러운 노인처럼 긴 침을 흘린다. 그녀는 먼 곳으로 이사 갈 때 세탁기 하나만 살 수 있었다. 빈 통을 헤집고 나는 내 안에 세제를 풀었지. 그녀가 사라진 봄에 죽은 시간을 열어보면 표백된 꽃잎들로 가득 차 있었다. 꽃잎을 다 뒤집으면 징그러운 내부가 올라왔다.

패션

공장이 폐쇄되자 나는 태어났어요. 빛나는 일이었대요. 매일 검은 옷만 입는 노파가 제 귀에 속삭여주었지요. 네가 태어난 곳은 슬픔의 성城. 괴상하게 생긴 네 몸을 좀 보렴. 가장 큰 결핍을 잊기 위해 너에게도 영혼이 주어지겠지. 노파는 거울처럼 나를 비추다가 자작나무 사이로 빠져나갔죠. 푸른 한기가 돌던 흰 빛에 둘러싸여 눈을 뜰 수가 없었던 늙은 곤충들. 폐타이어가 굴러다녔고 녹슨 가위 위에서 잎사귀가 썩어가고 있었대요. 사라져가는 빛을 보고 엄마. 나는 제일 먼저 그 말을 했다는데, 이렇게 못생기고 아름다운 살을 던져두고 만져지지 않는 영혼 안으로 들어가면 어떡해요, 라는 말은 나중에 덧붙였다고 합니다. 그게 다 계략이지, 거울 안에서 노파의 중얼거림을 들었고요. 이 공장에는 언니들이 매일 매일 재봉틀을 돌렸다고 하는데, 손바닥에는 붉은 상처가 가득했고요. 졸려 졸려 스스로 고통을 터득해서는 자신을 파괴하는 일에 몰두했다고 합니다. 이미 백 년 전에 슐레지엔부터 청계천, 구로까지 전달된 일. 언니들은 아직도 이곳저곳에서 졸다가 울다가 기계를 돌리다가…… 슬픔의 성벽을 잘 쌓고 있나 봐요. 솜씨가 좋은 분들이니까요. 나는 고작 폐쇄된 공장에서 태어나는 일에 선수, 탄생의 장인일 뿐이었는데요. 알몸으로 바구니에 담겨 잎사귀처럼 썩어가고 있었죠. 노파가 주었던 수건을 꼭 쥐고서요. 슬픔에는 냉담하고 노동의 감염에 집중된 성에서 좀처럼 빛날 수가 없었습니다. 이것은 모두 잊힌 이야기인데, 혼자 중얼중얼하는 것도 못생긴 일 중 하나죠. 흰 수건이 점점 더러워졌어요. 자신이 입은 옷처럼 검게 타들어가 밤과 구분되지 않은 노파가 해석된 세계에서는 살 수가 없다, 으르렁거리며 내 살을 물어뜯었고요. 정말이지, 나는 그저 끔찍한 빛이 아름다움의 시작이라는 것을 드러낼 뿐인데요. 왜 이렇게 언니들은 유능한 직조공인 걸까요. 폭동이 일어나 이 숲을 다 태울 때도 언니들은 그을음 속에서 자신을 파괴하고 있었다고 합니다. 성벽이 너무 단단해서 온몸이 상처투성이. 노파는 검은 태양을 끌고 와 내게 흑점을 쏟아부으며 웃었죠. 네게도 죽지 않는 언니들처럼 영혼이 생길 거야. 패션이란 알 수 없는 마음을 가려주는 데에 핵심이 있다고 하는데, 그 끝은 무엇일까요. 언니들은 기계에 기대어 졸면서도 자신의 얼굴을 기웠습니다. 정말이지, 예술가들 아닙니까. 슬픔의 성에서 붉은 옷 한 벌 맞춰 입고 나는 공장 밖을 나섭니다. 뭘 배운 적이 없는데, 잘생겨진 나는 이미 패션의 장인 아닙니까.

한파주의보

아버지는 별자리의 행로를 보고 있다. 그리고 우리의 행로를 다시 부수기 시작했다. 얼음이 많은 아이슬란드로 가야겠다. 나는 폭발하여 빛을 내는 순간 이름이 생겨나는 별을 보고 있다. 나는 탈주하기에 너무 무겁다. 대야 안의 돌. 평생 모르는 사람들이 세수를 할 수도 있겠지. 아버지는 안경을 벗고 어두운 눈으로 투명한 지도를 들여다보고 있다. 저곳으로 넘어가면 폭풍이 올 것 같은데. 세계 대전 동안 군 기상예보관들은 주요 폭풍우에 여자 이름을 붙이기 시작했다고 한다. 아버지 얼음에 빠져 죽은 그 여자 이름은 알지도 못하잖아요. 아니다, 그 여자 이름이 나하고 같아. 푸른 얼음 동굴에 가고 싶다. 아버지는 점점 더 어두워진다. 깊어진다. 바닥으로 들어간다. 오래전에 죽은 북극곰처럼 유빙을 타고 더 추운 얼음 속으로 가려고

백과 이

너의 편지가 탁자 위에 놓여 있다. 네가 끓여준 검은 물. 어둡고 따뜻해서 잠이 들었다. 편지가 젖었다. 너의 엄마가 되려고 했던 것은 아닌데. 나는 네가 끓여놓은 검은 해변에서 마음이 늙어갔다. 팔이 녹고 손이 녹았다. 이 바다는 왜 이렇게 뜨거운 거니. 너의 언니가 되려고 했던 것은 아니었다. 검은 바닷속에 잠기는 교회 안에서 요한계시록을 읽었다고 너는 웃었다. 계속 읽었다고. 너무 많이 읽어서 멸망이 시시해졌다고. 그래서 시를 썼다고. 부정성이 나의 독자야. 나는 녹아가며 너의 해석을 들었다. 바다 깊은 곳에서 검은 돌이 시를 썼다. 사라지지 않는 것도 있어. 복잡한 수명 주기를 가진 불가사리처럼 썼다. 위험한 생물은 왜 화려하게 반짝일까. 나는 상자해파리의 몸속으로 빨려 들어갔다. 우리에게서 가장 빛나는 것이 굶주림이라면 너는 어떤 불행이 될까. 너는 뜨거운 바닷속에서 먹혀가는 나 대신 썼다. 나는 너의 유서를 읽을 수가 없다. 우리는 카페에서 빵을 나눠 먹었지. 너는 검은 돌처럼 먹먹했지. 나에게 긴 편지를 주었다. 심해에는 눈이 없는 생물들이 가득하다. 아무것도 보이지 않아서 답장을 할 수가 없었다.

문예창작

슬픔은 아름답지만 오로지 슬픔만이 아이덴티티가 되면 어린이가 됩니다 진실은 우리를 갈갈이 찢어버리니까요 인간은 나약해요 사랑을 못 받을까 봐 전전긍긍하는걸요 너무 크고 징그러운 사람을 사랑하면 그 사람이 망령이 됩니다 망령에 사로잡혀 있는 사람은 자기 마음을 모르죠 그를 사랑하면 모든 것이 갈려서 자신의 죽음을 알지 못해요 빛나는 관은 텅 비어 있고 마음은 영원히 죽지 못하는 형벌을 받죠

자신이 아무것도 아니어서 불행을 훔치죠 너무 촘촘해서 다행인가요 알아볼 수 없을 때까지 아무것이나 다 때려 박으면요 어차피 원본이란 없어요 인정투쟁

우리 함께 오래 살아요, 라고 말해주는 어린 천사는 나의 주인입니다 우리는 불행중독에 빠져 있어요 왜 우리는 매번 이상한 맥락 속으로 빠져버리는 걸까요 왜 그곳에는 슬픔의 그물에 조각난 덩어리들이 모여 있을까요 괴물 같은 어린이들이 오줌을 싸고 있을까요 조각난 돌이 피를 흘리고 있을까요

겨울 산책

이곳은 어디일까

걷는 동안
날씨는 추워지고
얼음은 단단해진다

너는 가끔 내게 알 수 없는 말을 했다
시간은 상자 같다거나
지독한 불행은 너무 우습다거나
시를 끊어야 한다거나

도시를 걷는 일은 편하다
사방이 거울이고
많은 이가 걸으면서
이상한 것을 비춰본다
얼음 위에도 마음이 있다
잘 보인다

태어나는 일 자체가 추문이라던 루마니아인은
걷는 일에 진심이었을까

죽음을 좋아했을까
너는 아프다고 나에게 말했다
나는 운동화를 샀다
너에게 걸으면서

아프다고 말해서 아름답다거나
그래도 인간이 싫다거나
싫어해서 그런 것이 좋다거나

알 수 없는 말이라서
천국 같다고 생각했다
너는 슬픔으로
나를 괴롭히지만

걷다 보니
얼음 위였다
투명했다

좋은 말만 하기
운동 본부

좋은 말만 하기
운동 본부

물속

성산중학교 담벼락에는 그 이름이 새겨져 있다
폭우가 쏟아지던 날 내가 물로 새긴 것이다

술 취한 광인들이 서로를 붙잡고
담벼락 안으로 사라질 때도
그것은 지워지지 않았지

물로 쓰면 그렇지
아무것도 지워지지 않고 남지 않지

새벽에는
광인들이 떠내려가는 물속으로 들어가
젖은 날개를 깊게 담갔다

물속에서 잠들면 그런 것이다
한번 젖은 것은 더 이상 젖지 않게 된다

성산중학교 담벼락에서
나는 내 물속 시간을 새겼다
폭우가 오지 않아도 울 수 있도록

구름 깃털 베개

　부드러운 광기로 가득 차 있어. 깃털 같은 광기. 아버지는 한동안 베개를 만들었는데 하얀 솜이 아버지라고 생각하니 내 마음에 깃털이 돋았지. 아버지, 인공 구름을 끌고 온 자. 인공 구름으로 가득한 베개를 베고 잠이 든다는 것. 나는 가끔 공중에 떠 있는 관에서 잠들었고 깨지 않았는데, 아버지는 내 머리맡에 흩어진 구름 조각을 세탁기에 돌렸지. 실패한 조각은 표백해야 한다. 나는 세탁기 통에서 돌돌돌 깃털이 돌아가는 표백인. 아버지는 듬성듬성한 내 깃털 밑에서 죽음을 연습하지. 지난 일주일 동안 죽었다고 하지. 부드러운 광기가 베개 안에 스며들고. 나는 남은 깃털이 모두 빠졌지. 깃털은 역시 인공으로 만들어야 한다. 부드러운 소재로 광기를 꾸며야 한다. 나는 표백인. 깨끗하고 실패했지. 아버지가 공중에서 내민 인공 죽음……

작업실

너는 괜찮을 것 같다. 슬픈 마음은 언제나 시가 될 준비
가 되어 있으니까.

너는 괜찮을 것 같다. 광인은 시 안에서 혼자 아름다워
지니까.

너는 괜찮을 것 같다. 외로움도 폭력의 일부가 될 수 있
으니까.

너는 괜찮을 것 같다. 인간을 낳은 이후 스스로를 용서
하기 시작했으니까.

너는 괜찮을 것 같다. 인간이 아닌 자를 가르치고 있으
니까.

너는 괜찮을 것 같다. 과거는 불태워져 신의 주머니 속
에 들어가 있으니까.

너는 괜찮을 것 같다. 인간의 삶은 실패가 없다고 너 없
는 바깥에서 말해주니까.

너는 괜찮을 것 같다. 절벽에 앉아 죽은 자의 영혼을 바라보고 있으니까.

너는 괜찮을 것 같다. 절벽에서 떨어져서 파토스가 필요 없어졌으니까.

너는 괜찮을 것 같다. 척추가 부러져서 고통이 사라졌으니까.

너는 괜찮을 것 같다. 바닥에 뭉개진 살점에서 우주의 무질서로 나아가니까.

너는 괜찮을 것 같다.

너는 괜찮을 것 같다.

광인 마그네틱

내 영혼은 사육장에 놓여 찢기고 있다 그게 인생이야

잃어가는 것들의 무심한 나열

고통을 가진 동물에게
도덕적 지위를 부여한 것은 누구였을까
척추동물이 고통의 감각에 능하지
하지만 무척추동물
문어는 너무 많은 고통이 발처럼 매달려 있다

서로에게 잔혹할 준비가 되어 있지
문어를 데치고 기름장을 그릇에 덜고
사랑하면서 훼손하면서 연민하면서
먹을 때도 있다

동물은 찢길 준비로 빛이 나
우리를 이끄는 것은 자신 아닌 것에 대한 공포
자신이라는 공포
폭력의 역사
아름다운 폭력의 종류들 그게 인생이야

생명은 화학적 기울기를 통해
안쪽으로만 질서를 만든다는데
삶은 문어를 씹다가 네가 묻는다

밖에 있는 광인들은 어떻게 하나요
쓰레기여도 좋으니 나를 봐줘요

나는 눈이 점점 멀고
밤마다 죽은 동물을 끌어안고 있다

사람 아닌 것을 가르치지 말아라

보이지 않는 동물이 지나가면서 나의 똥을 짓밟는다

문예창작

한 사람과 밤의 터널을 건너간다. 한 사람은 모르는 사람인
데 왜 선생이라고 생각했을까. 무거운 배낭을 메고 한 사람은
내게 끌려왔다. 식은땀으로 우리의 손이 젖고.

산책은 끝나지 않아. 이 사람이 너무 무겁고, 배낭에 담아
온 세계가 뜨겁고. 어디선가 타는 냄새가 난다. 나는 선생을
처음 본다. 빛나는 얼굴이 훼손되어 있으니 친구인가. 망가지
면서 사랑하는 것, 우리의 언어.

한 사람은 계속 자신의 조각을 나에게 흘린다. 이제 나는
선생이라고 부를 만한 세계가 없는데,

파편이 옆구리에 박힌다. 좋은 상처가 가능할까. 나는 어디
에서 통증이 시작되는지 몰라 공중을 더듬는다. 터널에서 한
사람이 희미하게 웃으며 나와 맞잡은 손을 흔든다. 내게 속삭
인다. 이봐, 문학은 우리의 실수지만 그게 다는 아니야. 생명
체는 복잡하고 우린 그걸 적을 문자가 없지.

대륙에는 수많은 터널이 있다. 매일 터널을 건너 학교를 갔
더니 어느새 나는 쥐의 얼굴. 멈춘 지하철, 구겨진 체크무늬

셔츠, 부서진 철망, 눈이 먼 유기견, 끊어질 듯 이어지는 열선,
이름이 지워진 노트.

　나는 여전히 그곳을 통과한다. 난간을 붙잡고, 끝나지 않는
그곳을.

　한 사람이 곁에 있다. 선생, 곧 불태워질 노트가 나의 대륙
인가. 점점 깊숙이 박히는 파편을 더듬으며 끝까지 기어가는
것이 흰쥐의 운명인가.

　한 사람은 이제 말이 없다. 배낭을 내려놓는다. 나는 아무
도 없는 난간에 서서 끝없는 바닥을 바라본다. 친밀한 어둠.
꽉 찬 어둠. 천천히 한 사람의 배낭을 연다. 한 사람과 친구가
될 뻔했어. 그런데 우리는 친구가 아니고,

　심연에서 빛나는 것. 배낭 안에는 흰 붕대가 가득하다.

나를 봐 우는 소리가
모여들어 썩어가는

안경을 썼지

이 세계는 고통으로 가득 차 있다. 매일매일 망명을 생각한다. 열아홉. 일기에 쓴 문장이다. 아, 이런 허세라니.

인간이 자아를 형성하는 데에는 동일시할 대상이 필요하다. 그 대상이 꼭 사람일 필요는 없다. 나는 돌 같은 것이 좋다고 생각했다. 그런데 사람이든 돌이든, 우리는 격렬한 불안의 세계로 내던져진다. 그 사람과 그 돌과 나는 다른 층위에서 걸어 나왔잖아. 서로 다를 수밖에 없잖아. 태어나서 죽는 위치도 다르니까. 심지어 죽지 않는 돌은 어쩌니. 물론 죽는 순서는 뒤바뀔 수 있다.

네 귀퉁이가 딱 맞는 서랍처럼 동일시는 완벽한 내면의 일치를 지향한다. 말도 안 되는 욕망. 그렇게 불안의 지옥에서 불타오르며 재가 된다. 그 재를 흐트러뜨리려 입김을 부는 자는 누구일까. 멍청아. 너의 헛된 욕망을 봐! 라고 말하는 자는.

나는 안경을 쓰고 산 지 오래되었다. 아홉 살이거나 열 살 때였던 것 같다. 따뜻한 햇살 아래 앉아 있던 날, 나는 갑자기 한쪽 눈이 푹 꺼지는 느낌이 들었다. 빛을 뚫고 어둠이 들어왔다. 눈을 비벼보아도 소용이 없었다. 무거운 돌 하나가 내 눈알을 바닥까지 누르는 느낌. 그 이후 틈만 나면 어두워진 한쪽 눈을 비벼댔다. 그리고 아주 가끔 엄마를 향해 말했다. 엄마, 벌레가 눈 속에 사는 것 같아.

그러던 어느 날. 아파트 공터에서 장난감 조립 설명서에 집중하느라 주변의 소리조차 못 들을 때, 나는 자전거에 치였다. 눈 속에 사는 벌레 때문에 한쪽으로 고개를 틀고 있을 때였고, 동네 오빠가 타고 있던 자전거 바퀴는 그대로 벌레가 사는 눈 속으로 들어왔다. 거대한 어둠의 세계가 내 몸을 완벽하게 덮어버린 순간이었다.

한동안 나는 눈가에 푹 팬 살점들을 봉합하는 치료에 골몰했다. 사고가 난 순간부터 치료가 이어지는 기간 동안 나는 매일 눈에서 흐르는 피를 닦아내고 붕대를 감는 수고로움을 감내해야 했다.

며칠 후. 여느 때처럼 엄마 손을 잡고 병원으로 가는 길이었다. 갑자기 끈끈한 액체가 입속으로 흘러들어왔다. 맞은편에서 남자 어른과 함께 걸어오고 있던 한 소년이 손가락을 들어 내 얼굴을 가리켰다. 침을 꿀꺽 삼키고 나서 내게인지 어른에게인지 모를 말을 했다.

"엇, 저 피 좀 봐."

그 말을 듣자마자 엄마는 깜짝 놀라서 손수건으로 실밥이 터진 내 눈 주변을 꾹 눌렀다. 피는 계속 쏟아져 나왔다. 흰 손수건이 금세 붉어졌다. 나는 아릿하게 사방으로 번져가는 소년의 손가락을 남은 한쪽 눈으로 계속 바라보았다. 시야에서 소년의 손가락이 자꾸 뭉개졌다. 저 피 좀 봐. 피 좀 봐. 피. 피.

그때 나는 왜 울음소리조차 내지 않고 눈물만 흘렀을까. 공포와 불안이 뒤섞여서 비명을 질러대고 싶은 마음과는 다르게 나는 피보다 더 뜨거운 눈물을 뚝뚝 떨어뜨렸다. 엄마는 나를 끌어안고 병원으로 뛰어가기 시작했다. 엄마의 애달픈 호흡과 심장 박동이 고스란히 느껴졌다. 그리고 피 좀 봐, 라고 허공에 쓰이는 이상한 손가락의 문장도.

나는 찢어진 눈 주변을 잘 꿰매고 나서 그 이후 본격적으로 안경을 썼다. 자전거 사고 이후 눈 검사를 하게 되면서 한쪽 눈이 완전히 회복 불능이라는 것을 알게 된 것이다. 안경을 쓰면 마음이 편안해졌다. 어떠한 불안도 한 번쯤은 누그러지는 것 같았다. 안경을 착용해도 한쪽 눈의 시력은 좋지 않았고, 매년 측정해 봐야 실명 직전의 상태에서 벗어나지 못했다. 사물은 테두리 없이 엉키고 뭉개진 채 덩어리로 다가왔다. 그래도 다행히 남은 눈이 세상의 사물들을 구분하게 해주었고 나는 만족했다. 무엇인가를 남들하고 비슷하게 볼 수 있다는 것은 얼마나 축복인가. 한쪽 눈뿐일지라도.

눈가에는 작은 흉터가 남았다. 마치 쌈마이들의 것처럼 짧고 굵은 자국이. 그리고 나는 어떤 대상과도 합치되지 못한 채 혼자가 되었다. 정확하게 보이지 않으니 뭐든지 대충 보게 되었고 어떻게 합치시켜야 할지도 몰랐다. 엄마도 아빠도 안경을 쓰지 않았고, 내가 배운 신의 모습도 한쪽 눈이 불구인 이미지는 아니었다. 신은 형태가 없었지만, 신의 아들은 잘생긴 중동 남자의 얼굴이었다.

나는 혼자 온몸이 눈이 되었다. 늘 무엇인가를 집중해서 보기 위해 온몸에 힘이 들어갔다. 나는 잘 보이는 눈의 방향으로 고개를 최대한 비틀었다. 얼굴이 한쪽으로 몰리는 느낌이었다. 팔다리에 힘을 주느라 가끔 심장이 터질 것 같았다. 고개를 숙이고 눈을 감고 아무것도 보지 않을 때도 있었다. 때로 아무것도 보지 않을 수 있다는 것이 위로가 되었다.

그리고 상대방을 바라볼 때마다 나는 건방진 사람이라는 이미지를 얻었다. 그 이미지에 맞추어 자신을 개량시키는 것이 맞다고, 스스로에게 말했다. 아니면 그 이미지를 벗어나기 위해 수줍고 선량해져야 하는 건 아닐까, 그런 강박도 생겼다. 나는 이러지도 저러지도 못한 채 어정쩡하게 던져졌다.

나는 수업이 끝나면 자주 친구 같은 짐승들과 놀았다. 어차피 어스름에는 잘 보이지 않았다. 학교 뒷골목에는 많은 여자 친구들이 있었다. 우리는 다정하게 손을 잡았다. 때로 울면서 포옹을 했다. 각자의 방으로 돌아가 편지를 썼다. 무엇인지 알 수 없는 그리움에 대한 연서였다.

큰 글씨로 편지를 쓸 때면 미지의 대상에게 가까워지는 기

분이 들었다. 무엇인가를 쓴다는 것은 참 좋구나. 그런 생각을
하게 되어 좋았다. 좋다는 것. 좋다는 말을 서슴없이 할 수 있
다는 것은 최초의 설렘이었다.

　쓰이는 언어들은 나와 아주 비슷하고, 또 내가 아니기도 했
다. 그러나 오래전, 내가 알지 못하는 나에 대해 누군가가 말해
주는 기분이 들었다. 그리고 네가 알지 못하는 너에 대해 내가
다가가는 느낌이 들었다.

내가 모르는 세계의 한 부분을 최대한 가깝게 느끼기 위해서
나는 자세하게 보는 습관이 있다. 그리고 이것이 정확한 것인
지 알 수 없으므로 자세하게 쓰는 습관도 생겼다. 밀도를 높이
기 위해 집중해야 한다. 그렇지 않으면 언뜻 다른 모양으로 흐
트러져버린다. 단순히 실체를 보는 것에서 멈추지 않는다. 내
가 응시하고 있는 현실 너머의 세계는 더더욱 그렇다. 자세하
게, 더 자세하게. 그리고 예민하게.

　언어는 세부를 색다른 방식으로 표현할수록 입체적인 질감
을 가지게 된다. 그리고 그 섬세한 세부에 힘이 깃들기 시작한
다. 세부는 시간이 지나면서 전체를 품는 아주 큰 항아리가 된
다. 세부는 거리에서 울고 있는 짐승들에게 딱 맞는 옷을 지어
준다. 눈에 보이는 것은 중요하지 않을지도 모른다. 우리는 어
깨동무를 하고 그런 말을 했지. 아주 작지만 아주 소중한 거,
그런 것을 갖고 싶어. 우리처럼 버려지고 버려진 채 사랑받는
거, 그런 것을 갖고 싶어. 작고 소중해서 모든 것이 정말 중요

해지는 거. 그때는 그런 중요한 것들이 쌓여서 정말 중요한 큰 것을 만나는 것은 몰랐지만.

나는 실감할 수 있는 이미지들을 차곡차곡 쌓아본다. 그것은 최선이었고, 여전히 진행 중이다. 무언가를 잘 보지 못하고 무언가를 너무 자세히 본다는 콤플렉스는 좋은 것일까? 저주일까.

　의학의 힘을 빌려 눈을 고칠 수도 있다. 언젠가는 그렇게 할지도 모른다. 남들 다 하는데 나는 왜 무섭지. 눈을 다쳤던 충격 때문일까. 졸보 같은 마음을 크게 크게 만들고, 어떤 이 물감이 눈 속으로 침입하는 고통을 훌륭하게 참아낼 수 있다면. 시력이 좋은 눈이 내게 남고 나머지 감각이 행복하게 퇴화되는 진화를 받아들일 준비가 된다면. 동일시가 깨진 이후, 내가 뒹굴었던 그 아름다운 폐허로부터 밀려날 훌륭한 자신감이 있다면.

　나는 고통으로 가득 차 있지만 고통을 벗어나기를 매일매일 꿈꾼다. 행복해지고 싶다. 행복을 질병으로 분류해야 한다는 의학계의 의견도 있다고 하는데, 그런 질병이라면 갖고 싶다. 그렇지만 행복은 순간일 뿐이고, 쓰는 일은 계속된다. 언제까지일까? 쓰는 일. 무엇인가를 쓰면서 늘 망명을 한다. 시는 나를 망명자로 만든다. 시는 망명자에게 길이 된다.

언어를 통해 중첩되는 이미지들은 서로를 만나 새로운 것을

만든다. 문장에서, 잃어버린 눈이 빛처럼 되살아난다. 문장들
은 참혹하지만 윤이 난다. 실패할수록 빛이 돈다.

《여름만 있는 계절에 네가 왔다》, 2020

펼친 책

1

나는 겨울을 좋아한다. 춥고 얼어서 걸어 다니는 것을 좋아한다. 털모자를 쓰고 패딩을 입어야지. 안경에 드리우는 한기를 좋아한다. 겨울에는 두꺼운 이불을 숨 막히도록 덮고 죽음처럼 잠에 드는 것을 좋아한다. 나만의 작은 관. 말랑말랑하고 따뜻하고 천천히 심장을 내리누르는 이불관. 겨울에는 혹한에 나를 버려두는 것이 좋다. 정신이 번쩍 들고, 서늘한 세계에서 해체되는 감각이 있다. 나는 나를 바라본다. 냉동인간이 있다.

2

냉동인간. 어느 책에서 건진 말. 책은 미친 냉동인간들이 읽는 것이다. 사사키 아타루의 말처럼, 책을 깊게 읽는다는 것은 미친다는 것이다. 한겨울, 침엽수림이 가득한 숲에 혼자 던져진다는 것이다. 배고픈 들짐승들과 불안과 공포를 견딘다는 것이다. 너무 아름다운 자연 앞에서 공황을 느낀다는 것이다. 심

장이 뜨거운 것이 싫어서 모든 육체를 얼려버리는, 유리처럼
부서지는 사람들이 읽는 것이다. 냉동인간은 책을 읽으며 찢
긴다.

3

삿포로에 간 적이 있다. 그와 함께였다. 그와 함께 살기로 결심
한 겨울이었다. 한국에서 심장을 얼리고 싶은 삼십 대 냉동인
간 여성이 혼자 산다는 것은 무엇인가. 지역 레지던시에 머물
다 보면 발코니로 넘어오려는 타인이 있고, 자정이 넘으면 내
그림자를 짓밟으며 문 앞에서 호흡을 흘리는 타인이 있고, 새
벽에도 전화해서 자신의 욕구를 강요하는 타인이 있다는 것이
다. 나는 목청이 큰 사람이 되었고, 밤이면 문 앞에 아버지 신
발을 더 가지런히 놓았다.

　냉동인간은 아버지의 신발 대신 그와 살기로 결심했다. 함
께 삿포로에 가서 지옥라면을 먹고 폭설에 갇혔다. 나는 심장
이 뜨거운 냉동인간. 폭설에 갇혀 행복한 책. 그는 흥분한 냉동
인간이 폭설 안으로 잠겨들며 환희에 미치는 것을 보았다. 그
는 아마 예감했으리라. 냉동인간의 심장이 냉동의 육체를 녹
이리라는 것을.

4

나는 다시 사람을 사랑하기 시작했다. 책처럼 사람을 펼치기
시작했다. 몇 권의 책은 기원까지 들어가려고 내 몸을 깎아냈

다. 책을 읽지 않아도 나는 찢어졌다. 그와 나는 지구의 반대편에서 각자의 책을 읽었었지. 나는 야만적인 자연을 벗어나려고 애썼고, 그는 자연의 거대함을 품에 안았다. 우리는 먼 곳을 돌고 돌아 한겨울, 홍제천에서 함께 걸었다. 나는 사람이라는 책을 읽을 용기가 생겼다. 그리고 부적처럼 이 문장을 노트에 적었다. 만날 사람은 만난다.

5

어린 책들이 내게로 와서 축축하게 글자들을 흘렸다. 그 글자들을 줍느라 나는 내내 허리가 굽었다. 빛나고 어두운 이국의 언어들. 뻣뻣한 냉동의 육체는 이미 녹아서 웅덩이에 빠졌다. 웅덩이 안은 지독하고 답답했다. 나는 내 안의 더러운 염증들까지 그 웅덩이에 묻고 또 묻었다. 어린 책들은 살벌하고 서늘했지만 읽을수록 매혹되었다.

6

내게 한겨울이 사라졌다. 나는 냉동인간이 아니었다. 여름만 있는 계절이었다. 온갖 서글픈 냄새가 깎인 내 몸에서 흘러나왔다. 나는 이상하게 미쳤다. 아버지의 신발 대신 그를 만났는데, 폭력적인 세상에 아무 잘못 없는 존재를 내보내고 싶지 않아서 홀로 얼었는데, 어린 책들은 언제나 열려 있었다. 그들을 읽어내느라 오천 년을 살고 있었다.

7

이게 아닌데. 이렇게 오래 읽을 일이 아닌데. 펼친 책은 끝에 다다르면 덮게 된다. 다 읽지 못해도, 책은 스스로 자신을 덮을 때가 있다. 어린 책들은 용감하고 스스로 움직인다. 각자 갈 길을 간다.

8

나는 오천 년을 살아내느라 많이 울었다. 침엽수림이 가득한 시베리아와 북아메리카 대륙의 북쪽에 있었다. 얼룩진 북극해에 떠 있었다. 얼음조각이 떨어져 있는 숲에 있었다. 척박한 땅에서도 잘 사는 나무들 속으로 들어가 있었다. 낙엽 속에 함유된 질소가 탄소에 비해 적기 때문에 미생물에 의한 분해가 잘 되지 않는 나무 안에서 울음을 얼리고 있었다.

9

머릿속이 하얀 안개로 가득 차고 어지럼증이 심해졌을 무렵. 책표지는 닫혔다. 스패너나 망치로 깨야 한다. 줄지어 선 측백나무들. 춥지? 추운 곳은 좋아. 냉동인간이 살기에 좋아.

10

붉은 표지의 첫 책들. 모두 닫혔다.

11

애도는 언제까지 가능할까. 애도는 언제 끝이 날까. 겨울은 펄
프지로 감싸자, 고 언니는 내게 편지를 보냈다. 그때는 언니가
실족하기 위해 계단을 오르는 사람처럼 보였다. 침엽수로 펄
프를 만든다는 정보를 알려준 것도 언니였다. 식물을 구성하
고 있는 섬유를 추출하여 모은 것, 그게 펄프야. 겨울 숲의 한
가운데서 서로를 감쌀 수 있는 것.

12

아주 오래전부터 나는 애도의 인간일지도 모른다. 우리는 모
두 그렇지 않을까. 열일곱, 동경하던 언니가 한밤중에 계단을
오를 때마다 내 심장은 미친 듯이 뛰었다. 과호흡이 되었다.
겨울로 도망가고 싶다고 생각했다. 냉동인간이 되고 싶다고
생각했다. 계단 끝에 서 있는 언니를 냉장고에 넣고 싶었다.
언니가 얼게 되면 아무 일도 일어나지 않아. 나는 게보린을 많
이 먹었다.

13

겨울을 향해 흘러가는 하늘이 두꺼워지면 언니 생각이 많이
났다. 가을에는 구름이 통통해. 숨결로 가득 차 있어. 홍제천
을 걸었다. 얼마 전 폭우로 다리가 잠겼지. 재난은 인간에게만
해당된다. 물이 모두 얼고 도서관이 불타면 애도가 끝날 것 같
다. 홀로 두꺼운 솜이불을 두르고 침엽수림 사이에서 잠들면

어떨까. 시베리아에는 언니가 오르려는 계단이 있을지도 모른다. 캐나다의 산맥은 높고 푸르다. 폭포가 얼고 나면 언니가 부서진 얼음조각으로 폭포 기둥에 기대어 있겠지.

14

이제 얼어붙은 책표지를 깨기 위해 망치를 들지 않는다. 책표지는 닫혀 있을 권리가 있다. 텅 빈 글자들은 잠들 권리가 있다.

15

어린 책들은 스스로 펼쳐진다. 나는 오천 년. 냉동인간이 되어 죽음의 캡슐로 가겠지. 책 안으로. 우리는 모두 미쳐 있고 아름답다.

《그 여자 이름이 나하고 같아》, 2022

나무가 되는 것

나는 인간의 자유란 원하는 것을 하는 데 있는 것이 아니라,
원하지 않는 것을 하지 않는 데 있다고 생각한다.
— 장자크 루소,《고독한 산책자의 명상》

첫날

의사는 말한다. 1년 동안 겁쟁이가 되어서 돌아오셨네요. 아, 1년 만에 재발했구나. 나는 그제야 알게 되었다. 나는 어지럼증으로 입원했다. 내 옆자리에는 뇌경색 할머니 환자가 있고, 아이를 구하려다가 어깨가 부서진 할머니 환자가 있고, 간병인이 있다. 나는 자유가 없다. 나는 원하지 않는 것을 너무 많이 한다. 나는 지금까지 원하지 않는 것을 너무 많이 해왔다. 앞으로도 그렇겠지. 뇌경색 할머니는 끊임없이 왕소라 과자를 먹는다. 젊은 딸이 보호자증을 목에 걸고 밤이면 온다. 한의원에 갈 거다. 여기는 내 병을 못 고쳐. 할머니가 말할 때마다 딸이 신경질적으로 왕소라 과자를 씹으며 나지막이 욕을 한다. 모녀는 함께 왕소라. 아이를 구하려다 어깨가 부서진 할머니는 간병인이 도착하자마자 교회에 다니라고 강압적으로 이야기한다. 하나님을 믿지 않는 것은 부모를 거역하는 것과 똑같다고. 간병인은 그저 고개를 까딱거릴 뿐이다. 부모를 거역

하면 안 되는가? 나는 아이를 구하려다 다친 그녀의 심정을 생각해 본다. 그녀는 조그맣게 통성 기도를 한다. 간호사는 링거 주사를 매번 잘못 놓는다. 내 왼쪽 팔이 퉁퉁 부어오른다. 아무것도 아닌데, 어떤 비참함이 바닥에 고여 있다. 그냥 통증일 뿐인 것이다. 약을 먹고 나니 조금씩 경련이 인다. 몸이 떨리고 나는 자유가 없다. 그냥 그렇다. 사는 일이 자유를 하나씩 없애가는 일이겠지. 그러니까 그 아이는 스스로 목숨을 끊었다. 나는 그것을 실감하지 못한다. 그 아이에게 카카오톡을 보내본다. S야. 그 아이가 대답한다. 네, 우리 S가 사랑하고 사랑했던 선생님. 나는 갑자기 심연으로 떨어진다. S가 대답하고 있다. 나는 이 심연이 어떤 지옥일까 생각한다. 카카오톡 창이 울린다. 저는 S의 엄마예요. 나는 웅덩이에 갇혀 있다. 왜 자꾸 몸이 파묻히는 거지. 늪 속에서 겨우 손을 뻗어 S의 엄마와 빛나던 S에 대해 이야기를 한다. 나는 잘 애도하고 싶다. K시인은 내게 자살 사별자, 라고 알려주었다. 그러니 자신을 돌보라고. 어떤 일들은 예기치 못한 사이에 찾아온다. 이것이 살아가는 일이겠지. 스스로 목숨을 끊는 사람은 벌을 받는다던데. 끊이지 않는 옆 병상 할머니의 기도 소리. 지옥에 내가 사랑하는 사람들이 모여 있다면, 그곳도 괜찮을 곳일 거야. 그래, 지옥에 네가 있다면 나는 그 지옥이 안심이 된다. 그들에게 징벌이 내려진다면, 나무가 되는 것이라고도 한다. 아름답다.

다음 날

술을 끊었고 담배를 끊었다. 이제 커피를 끊어야 한다. 양파
는 왜 먹지 말라는 것일까. 호두와 땅콩은? 케이크와 간식들
도. 나는 간사해진다. 그래, 그것들은 전부 다 고래 심줄 같았
어. 그냥 무언가 망가지고 싶었던 것일 뿐이야. 나는 그것들로
부터 위로받지 못했어. 지하로 내려간다. 환자들이 잔뜩 모여
있다. 모두가 멍한 얼굴로 재활치료를 한다. 젊은 치료사들이
노인들에게 무언가를 가르쳐준다. 나는 순한 노인처럼 그 모
든 것을 따라 한다. 단순하고 단순한 동작들이다. 이렇게나 평
화롭고 바보 같을 수 있다니. 처음 느껴본 세계. 아무도 미워지
지 않고 아무도 좋아지지 않는 세계. 오로지 내 감각에만 집중
하는 세계. 한 소녀가 휠체어에 앉아 있다. 머리를 들지 못하고
있다. 육체라는 소모품은 우리를 사로잡는다. 나는 멍하니 소
녀를 바라본다. 아버지는 내게 관리를 못해서 아픈 것이라고
한다. 그랬다가 딸 때문에 마음이 아파서 죽어버릴 것 같다
고 덧붙인다. 나는 혼자 있고 싶다고 생각한다. 나는 노인이
된다.

　새벽이면 간호사가 혈압을 잰다. 그때마다 나는 악몽 속에
있다. 기억나지 않으니 좋은 꿈인가. 간호사가 나를 깨우는 것
이 좋다. 나의 죽음 같은 잠에 끼어드는 것이 좋다. 나는 불안
한가. 나는 잎이 없는 나무. 얼음이 부서진 숲에 있다. 온도가
없고 바람이 없다. 뿌리에 감각이 없다. 흰빛. 나는 그런 나를
바라본다. 이 나무에게 이름을 붙여줘야 할까. 아니야. 저절로

알게 될 이름이 있다. 왼팔이 빵처럼 부풀었다. 간호사가 피가 고인 주사 바늘을 빼고 새 주사를 놓는다. 그렇게 깨는 것이 다행이라고 생각한다. 나는 살고 싶어 한다. 바보 같으니. 웬 엄살이야. 죽을 리가 없잖아. 약을 먹고 나무처럼 딱딱해진다. 숲을 불태우면 어떨까. 바보 같으니. 얼음이 가득 찬 곳이구나. 투명하게 다 보이는 곳이구나. 나는 팔에 고인 피를 바라본다. 오늘은 장마처럼 비가 내린다. 링거를 꽂은 환자들이 창 쪽으로 몰려든다. 저녁이 비에 흠뻑 젖어 있다. 나는 원하지 않는 것을 안 할 수 있을까. 나는 자유가 없고, 자유가 없다. 루소는 사람들이 타인의 의지를 지배하려고 평생을 바쳐 싫어하는 일을 하는 것이라고 말했다. 나는 생존을 위해서일 뿐인데. 나는 어쩌다 여기까지 흘러왔을까. 기도를 다 마치고 옆자리 할머니가 도넛을 준다. 나는 그것을 어쩌지 못하고 손에 들고 있다. 설탕물이 주르륵 흘러내린다. 단내가 병실 안에 가득 찬다. 달콤한 잠을 잘 수 있을 거야. 나는 잠들기 전 몰래 병실 공용 화장실로 간다. 쓰레기통에 도넛을 버린다. 너무나 먹고 싶지만 위로받지 못할 거야. 나는 쓰레기통 앞에서 중얼거린다.

그리고 다음 날

나는 이제 고통을 참지 않는다. 소리를 지른다. 진상 환자가 된다. 의사는 서늘하고 다정하게 말한다. 겁먹지 마세요. 나는 간호사의 손목을 꽉 붙든다. 간호사의 손목에는 흰 붕대가 감겨 있다. 나 같은 사람들이 그녀의 손목을 부러뜨릴 듯이 잡았겠지. 나는 무엇이 두려운지조차 알지 못한다. 그냥 심연에서 더 깊은 진창으로 떨어지는 듯한, 과잉된 느낌은 뭐지. 물리치료가 끝나고 나는 잠시 눈앞에서 커다란 날개가 떨어지는 장면을 본다. 날개가 내 얼굴을 후려친다. 복도에는 노인들이 모여 있다. 이 긴 복도를 걸으면서 나는 매번 생각했지. 친한 사람을 찾고 싶다고. 끝날 것 같지 않은 이 길을 걸으면서 나는 두리번거렸지. 내가 아는 사람이 있을까. 통증은 홀로 겪어내는 것이다. 아픈 사람이 외롭고 더러워지는 이유가 이것일까. 그 아이는 마지막 순간에 어떤 마음이 들었을까. 나는 그 아이가 내게 구워준 쿠키와 직접 내린 콜드브루 커피를 떠올린다. 언제나 웃고 있었는데. 나도 자주 웃는다. 웃는 사람 믿지 말자. 웃는 사람. 그 아이는 시를 썼다. 그 아이는 그림을 그렸다. 그 아이는 잠깐 카페를 운영했다. 그 아이는 소설에도 재능이 있었나. 한 문예지 본심에서 그 아이의 이름을 본다. 소설가가 될 수도 있었겠구나. 그 아이랑 밥을 몇 번 먹었더라. 커피와 케이크는 몇 번 먹었지. 나는 길게 이어진 노란 선을 따라 걷고 있다. 이 선을 따라서 병실로 돌아가면 되는데, 너무나 많은 사람들이 복도에 앉아 있다. 모두 근엄한 표정이다. 아프니까. 어른이 근엄한 표정이 되는 것은 어딘가 아프기 때문이라는 것을 알게 된다. 식민지 소년들과 성매매를 했던 어느 남성 철학자의 말이 떠오른다. 영혼이란 육체의 추함을 잊기 위해 발명된 유토피아라고.

　뇌경색 할머니가 마스크를 자꾸 쓰지 않는다. 할머니의 담당 의사는 마스크를 쓰지 않으면 쫓아낼 거라고 협박한다. 조금 전에 뭘 먹느라 그랬어요. 쓸게요. 할머니는 우아하게 대답한다. 의사가 나가면 다시 마스크를 벗는다. 이십 대에 부모님과 떨어져 혼자 살면서부터 나는 자주 아팠고 건강염려증이 생겼다. 코로나포비아인 내가 순간 할머니를 경계하고 있다는 것을 깨닫는다. 이 경계가 더욱 심해지면 미워지겠지. 잘 알지 못하는 사람을 미워하는 일이 간혹 있지만 퇴원할 때까지 한 병실에서 지내야 하니 나는 내 마음이 난감하다. 비교적 그런 일들에 무심한 편이었는데. 아프다는 건 뭘까. 누군가를 미워하는 기회일까. 몸이 망가지면 마음은 어떨까. 마음은 진창이 될까. 어쩌면 영영 마음의 진흙이 사라지지 않는 것은 아닐까.

마지막 날

통증은 많이 완화되었다. 완치는 아니다. 의사는 퇴원하라고 한다. 신경과 약들을 한 움큼 받는다. 이제 새벽에 커튼을 들추고 혈압을 재는 일은 없겠지. 그렇게 깰 때마다 나는 그 아이를 떠올렸다. 5월인데 으슬으슬 한기가 든다. 온몸에 퍼지는 미세한 경련. 그 아이의 소식을 4월 17일에 들었다. 아무 상관도 없지만 4·16이라는 숫자가 떠올랐다. 나의 이십 대는 어떠했지. 그 아이를 생각할 때 폐허 같았던 나의 이십 대를 같이 떠올리게 된다. 아무렇게나 배치된 망가진 설계도 같았던가. 잊힌 부분과 잊히지 않는 부분. 읽을 수 없게 된 책 같은가. 지나간 시간들을 어떻게 해야 하는가. 나는 조금 지쳤나. 글을 쓰면서부터 모든 것이 증발하고 있다. 어떤 매혹도 성긴 껍질처럼 내부를 파고든다. 충만하기보다 소멸에 가깝다면, 그것이 바로 지쳤다는 말일까. 지독한 것들. 어떤 가난과 어떤 고통과 어떤 자기 처벌은 장르물 같다. 우리는 자신을 너무 학대하고 있는지도 모른다. 무엇을 학대하는지도 모르면서, 무엇이든 학대해야 한다고 생각하는지도 모른다. 그 아이의 자유분방함이 좋았지. 특유의 기질이 만들어낸 불안도 좋았지. 이제 그 아이는 신의 문자를 해독할 수 있는 힘을 지니게 되었을지도 모른다. 즐거울까? 나는 빅백에 오래된 구형 노트북을 집어넣고, 칫솔 치약 세트와 수저 세트, 3장의 수건, 클렌징 시트를 집어넣는다. 옆 병상 할머니는 오늘도 테이블에 성경책을 펼치고 소리 내어 성경 구절을 읽는다. 전화벨이 울리고 할머니는 통화를 한다. 아, 목사님. 저는 괜찮습니다. 이렇게 된 것도 하나님의 뜻이겠지요. 저는 괜찮습니다. 저는 괜찮아요. 할머니는 다친 어깨를 한껏 치켜올리며 과장된 몸짓이다. 테이블 위의 종이컵이 바닥으로 떨어진다. 물이 튄다. 간병인이 화들짝 놀라 바닥을 닦는다. 할머니는 행복해 보인다. 괜찮아 보인다. 교회에는 언제나 쾌락과 고통이 있으며 너무 슬프고 너무 느린 노래는 전혀 이해되지 않는다고 아니 에르노가 썼다(《빈 옷장》 중). 나는 잠깐 아무것도 보지 않으면서 허공을 본다. 눈은 점점 나빠진다. 때로 눈을 감고 걸으면 영원히 눈을 뜰 수 없을 것 같다. 그 아이의 소식을 듣고 같이 울어주던 공감력

만렙 K시인이 떠오른다. K시인도 그 아이였던 시절이 있었지. 그때 우리는 서로 자주 보았지. 그때 우리는 많은 이야기를 나누었지. K시인의 마음이 만져지는 것 같아 내 손은 따뜻해진다. 그 아이와 더 많은 이야기를 나누었어야 하는데. 언제나 내게 좋은 소식만 전하느라 토막 난 마음은 숨겨두었던 거야. 나는 조금 운다. 자꾸자꾸 그 아이의 이름을 불러주고 싶다. 자꾸자꾸 살아 있는 사람들에게 그 아이의 이야기를 하고 싶다. 지킬 것이 많은 사람들. 더 가지고 싶은 사람들. 그 사람들 속에 내가 있다. 집으로 돌아가면 그 아이가 준 향초를 피워야지. 병원 문 앞에서 그가 기다리고 있다.

이후

하루가 끝나간다. 죽음에 좀더 가까워진다. 까마득하고 가까운 시간의 얼굴. 사랑의 기억들은 압정 박힌 발처럼 위험하고 견딜 만하다. 그는 그냥 어지럼증을 받아들이라고 한다. 나는 어지럼증과 5년 동안 가까웠다가 멀어졌다가 하고 있다. 현대 의학은 훌륭하지만 병이 발생하는 원인을 정확하게 밝혀내지 못하는 경우가 많다. 하지만 견딜 수 있게 해준다. 어머니는 어디선가 듣고 와서 찰밥에 참기름을 붓고 깨를 뿌려 먹으면 어지럼증이 낫는다고 알려준다. 나는 희미하게 웃는다. 하긴 히포크라테스도 그랬다. 음식으로 못 고치는 병은 의학으로도 고칠 수 없다고. 현대 의학은 증상을 치료해 준다. 시간도 그럴까. 시간은 무엇을 치료해 줄 수 있을까. 어떻게 여기까지 흘러온 걸까. 돌이켜 보면 암흑처럼 캄캄하다. 아무것도 지나온 시간을 증명하지 못할 것 같다. 나는 순간순간 달라진다. 그전의 나는 누구일까. 내가 나를 잊으면서 견딜 수 있는 것이 지금인 걸까. 어느 날 갑자기 곤충으로 죽을 수도 있잖아. 이런 망상들을 즐거워하던 친구들. 오래전에 죽은 시인들은 외계 인이었을지도 모르지. 이런 망상을 유치하다고 타박하던 친구들. 버스 정류장에서 서로의 팔꿈치를 꽉 끼던 친구들. 그 사이에 내가 있었던 것은 사실일까. 우리는 왜 그렇게 슬픔이 가득 차 있었을까. 우리는 왜 그렇게 잔인해졌던 것일까. 그 아이를 생각하면 검은 장막에 갇힌 시간으로 들어가게 된다. 아무것도 용서 못하는 것은 아닐까. 나는 어느 순간부터 일기 쓰기를 멈추었다. 모두 불쏘시개가 될 시간들이다. 그리고 시간은 앞으로 가지 않는다. 언제나 과거. 지금 이 순간도 바로 과거가 된다. 눈이 멀게 되면서 시를 쓰기 시작했던 친구가 있었다. 그 빛나던 언어들은 어느 시간에 박혀 있을까. 강박적이고 아름다운 시를 쓰던 친구도 있었다. 북유럽으로 가려고요. 한마디 남기고 훌쩍 떠났지. 항상 두꺼운 책을 들고 다녔던가. 자기는 정말 이상한 사람인데 시를 써도 되냐고 묻던 친구. 그 친구는 자신의 이상함을 견디는 일을 즐거워했지. 이 조각들이 검은 장막 안에 갇혀 있다. 견딜 만하다고 나는 자주 중얼거린다.

저물녘 천변을 걷다 보면 수많은 벌레들이 내 얼굴을 감싸고 빙빙 돈다. 앞이 안 보일 때가 있다. 팔을 마구 휘저으며 건

는다. 물 가까이에서 걷고 싶은 마음에 벌레들이 달려들고 있
다. 사람들이 천변으로 몰려든다. 강아지들도 몰려든다. 나는
천천히 걷는다. 앞을 바라보면서. 하지만 무언가를 보고 있지
는 않다.

《한국문학》 2021년 하반기호

빈 노트

다 자란 소녀를 입양하는 것은 어떨까. 머리가 부서진 인형이 말을 한다. 검게 물든 레이스가 펄럭거린다. 입을 벌리지 않고 말을 할 수 있다. 글쎄. 팔이 부러진 인형이 팔짱을 끼다 말고 중얼거린다. 찢어진 퍼프소매 사이로 철사 끈이 뻗어 나와 있다. 소녀란 다 자랄 수가 없는데. 자란 것이 없고 자랄 것이 없어서 소녀라고 부르지 않나. 머리가 부서지고 팔이 부러진 인형끼리 말을 한다. 내가 본 소녀들은. 버려진 상자 안에서 심각한 복화술이 이어진다. 그때 우리는 상자 밖에서 온전한 구체를 움직일 수 있었지만. 말을 할 때마다 머리통과 팔뚝에서 플라스틱 조각이 떨어진다. 소녀들은 우리를 입양하면 이름을 붙여주곤 했었지.

—〈빈 노트〉 부분, 《어떤 사랑도 기록하지 말기를》

우리는 담벼락에 붙어 안쪽을 들여다보았다. 촘촘히 쌓인 돌담벼락. 돌은 틈을 만들지. 우리는 틈에 붙어 잡초가 수북하게 자라 있는 마당 안쪽을 들여다보았다. 저거 보여? 그녀가 침을 꼴깍 삼켰다. 뭔데? 나도 따라 침을 삼켰다. 저 머리들 말야. 저 인형 대가리들. 그녀는 정확히 대가리, 라는 단어를 사용했다. 부서진 바구니가 있었고, 잡초 사이로 우윳빛 플라스틱 머리통들이 널려 있었다. 그녀와 나는 눈을 가늘게 뜨고 틈 사이를 미친 듯이 노려보다가, 깨금발을 딛고 고개를 쭉 빼보았다. 자세히 보이지는 않았지만, 플라스틱 덩어리들이 다 깨져 있었다. 우리는 한동안 멍하니 그것들을 바라보았다.

이 숍은 언제 망한 걸까. 아니 아직 망하지 않은 건가? 망했는지, 망하기 전인지, 망하지 않고 아직도 운영 중인지, 알 수가 없었다. 오래된 벽돌을 타고 올라가는 푸른 담쟁이넝쿨. 붉은 지붕에 이따금 검은 새들이 앉았다 날아갔다. 잡초가 우거진 이 집은 한 달이 넘도록 문이 굳게 닫혀 있었다. 그녀는 홍대 앞에 마련한 작업실을 가면서 매일 '대가리'들을 본다고 했다. 혹시나 개수가 늘까 싶어서, 그렇다면 이 집의 작업자가 있다는 말이니까, 돌 틈에 눈을 대고 개수를 세본다고 했다. 매번 틀리는 개수 따위야 의미도 없는 일이지만. 그래도 어쩐지, 저 '대가리'들을 불러주는 것, 매일 자신이 숫자로 호명해 주는 행위 자체에 의미가 생겨버렸다고 했다. 하나, 둘, 셋…… 하고 숫자를 붙일 때마다 '대가리'들이 조금씩 움직이는 것 같기도 하다고. 언젠가 방향을 틀어 망가진 인형 눈이 자신을 봐줄 것 같기도 하다고. 나는 그 말을 듣고 코웃음을 쳤고, 그러면서도 그녀의 말에 빠져들었다. 너는 왜 이렇게 망상이 심하냐. 이 망상증 환자야! 그렇게 타박하면서도 나는 오늘 인형 눈을 봤어? 라고 묻기 일쑤였다. 그럴 때면 그녀는 곧 보게 될 거야. 오늘도 나는 다정하게 숫자를 세주었지. 라며 씩 웃곤 했다.

나는 결국 그녀를 따라 나섰다. 젊은이들의 생동감으로 넘쳐나는 이 거리에, 버려진 '대가리'들이 있다는 것도 흥미로웠지만, 무엇보다 그 숍을 눈으로 직접 확인하고 싶었다. 그녀의 말에 의하면 구체관절인형을 만드는 곳이 틀림없다고 했다. 플라스틱을 이어 붙여 사람의 형태를 만드는 작업이 아니라면, 적어도 인형의 얼굴을 디자인하는 곳이 확실하다고. 영원히 자라지 않는 소녀의 얼굴이 그곳에서 디자인되는 것이 분명하다고. 무생물은 자라지 않으니까, 소녀는 그 상태로 영원하겠지.

그녀는 매일 그곳에 대한 이야기를 했다. 너는 십 대 시절의 얼굴을 디자인한다면 어떤 표정을 그려 넣을래? 그녀의 질문을 받고 나는 섣불리 대답을 하지 못했다. 그때의 얼굴이라. 나는 그때 어떤 표정을 가지고 있었더라. 알 수가 없었다. 아무도 내 표정에 대해 말해주지도 않았고, 나는 내 표정을 볼 여력조차 없었지. 그저 환하게 웃거나, 잘 울거나, 무뚝뚝하거나…… 이런저런 표정들일 거라고 짐작을 해볼 뿐. 미술 전공자도 아니면서 미술에 대한 꿈을 포기하지 못한 그녀는 앞으로 해볼 작업에 대한 생각으로 가득 차 있었다. 나는 소녀 인형을 만든다면 눈은 하나, 코는 두 개, 귀는 열 개, 입은 없애고…… 그녀는 꿈꾸듯이 그런 말들을 이어갔다. 무슨 소리야. 내가 그녀의 옆구리를 찌르며 웃자 그녀는 덧붙였다. 나는 그 시절 한 번도 나의 얼굴과 나의 표정이 내 것이라고 생각한 적이 없었으니까, 누군가 마음대로 붙여 놓은 것이라고 생각했었으니까…….

소녀는 억압의 표상인가. 우리는 소녀를 너무 판타지로 소비했나. 그렇게 소비하면서 부서진 인형이 되어가는 존재들을 버려두었나. 자기 자신조차, 수많은 '대가리'들이 버려지는 순간들을 외면하고 있었나.

소녀들은 내부의 말들을 어떻게 다루었나. 들끓는 안쪽의 말들을. 말하지 않으면서 말하고, 말해지는 것들은 무엇인가. 경계에서 흔들리고, 경계에서 정체성을 강요당하고, 경계에서 끝까지 경계로 남는 일은 용납되지 않았던, 서로가 경계에서 탈락하는 장면들을 보고 마는, 그런 시기였나. 소녀는 소년과 어떻게 다른가. 십 대는 모두가 십 대이지만, 소녀는 어떻게 십 대랑 같으면서 구분되는가. 언제나 여성은 이중의 억압에 놓여 있지 않은가. 억압의 말들은 어떻게 고여서 폭발하는가. 소녀들은 언제까지 부서지는가.

소녀들은 아직까지도 한밤에 모여 대화를 한다. 아무도 들을 수 없는 대화를. 소녀들은 자라지 않으니까, 영원히 계속될지도 모르지. 인형처럼 망가진 대가리를 바닥에 굴리며. 한밤이면 마당 한가운데에서 웅성거리는 말들, 기록될 수 없는 내부의 말들이 진공 상태로 모여 있는 것을 느낄 수 있다. 끝끝내 바람처럼 퍼져나가는 기묘한 목소리들을 들을 수 있다. 우리가 그 시기를 거쳐왔다면, 어디에서든 들을 수 있다. 우리는 그 시기를 거쳐올 수밖에 없으니까 어디에서든 들릴 수밖에 없다.

우리가 완전체로 구성된 구체관절인형을 함께 본 것은 대형 장난감 숍에서였다. 소녀는 유리관에 갇혀 있었다. 눈이 두 개, 코는 하나, 입도 하나, 귀는 두 개인, 반짝 반짝이는 소녀가 짧은 미니스커트를 입고 환하게 웃고 있었다. 우윳빛 '대가리'는 풍성한 머리칼을 자랑하고 있었다. 얼마였더라. 어마어마한 가격이었는데. 그녀는 이런 종류의 인형은 전부 슬프다고 했다. 아무것도 아닌 것이라고 했다. 아무 이름이나 붙여줘도 상관없는 것들은 버려질 가치조차 없다고 했다. 자신은 인형을 만들지 않을 거라고도 덧붙였다.
　나는 진즉에 재개발되어 버린 그 숍이 어디에 있었는지 정확하게 기억나지 않는다. 그 주변은 완전히 달라졌다. 나는 그 거리에 이제 자주 가지 않는다. 한 시기의 호흡이 박혀 있는 골목들은 대부분 사라졌고, 새로운 담벼락들이 생겨났다. 도시는 원래 그런 곳이다. 대부분 사라지거나 다른 모습으로 태어난다. 그녀는 미술을 그만두었고, 우리는 예전처럼 자주 만나지 않는다. 숍의 위치가 헷갈리지만 어쩌다 홍대 거리를 걷

다 보면 불쑥 그 언저리를 돌아다니고 있는 나를 발견할 때가
있다. 이곳이었나, 저곳이었나 중얼거리면서. 깨끗하고 모던
한 건물들이 거리의 생태를 바꾸고 있다.

《문학선》 2019년 겨울호

an과 an들

아마도 그때 우리는 술과 담배, 광기로 '시' 하고 있었겠지. 지금 생각해 보면 모두 약쟁이가 되어야 했을지도 모른다. 이 글을 '라떼는 말이야'처럼 시작하고 싶지는 않았다. 그런데 어쩔까. 첫 시집을 냈을 때가 무려 16년 전이다. 그래서 계속해서 그때는, 이라고 말하게 된다. 그때는 타이레놀을 수시로 삼키고 맥주를 마셨다. 그때마다 an은 크레이지 걸, 이라고 an을 불렀다. an은 아무리 크레이지 파이터라고 해도 약 먹고 술 먹지는 않아! 라고 고래고래 소리를 질렀다. an이 그렇게 소리를 질러주는 것이 좋았다. an은 그게 어울려. an은 웃음소리가 호탕해. an은 부드러운 광기로 가득 차 있어. 그때는 모두가 크고 작은 광기들. 그게 너무 싫고 좋고 끔찍했다. 서로가 서로를 좋아했고 싫어했다. 인간이란 그렇지. 너무 좋으면 더 싫어지는 것도 있지. an은 한 명이 아니었어. an은 an들과 어울렸다. an은 거리에 있었고 an은 마음에 있었다. an은 내장이 파열된 짐승이었고 an은 찢긴 손가락들이었다. an은 사업

하던 아버지가 망하고 아버지의 젊은 후배 가족 집에서 살았
다. 그 거리는 시장 안쪽 쪽방 맥주집이 모여 있는 곳이었고
an은 매번 그곳을 지나다니며 학교에 갔다. an은 아침마다 열
린 문 사이로 깨진 병을 치우고 있는 어린 소녀들을 보았고 왜
인지 누군가가 처형당하는 기분이 들었다. an은 지겨워서 타
이레놀을 게보린으로 바꾸었고 그것이 너무 촌스럽다고 생각
했다. an은 반지층에서 누군가들이 걸어 나올 때면 그들과 함
께 걸었다. 어디로 가는 거지. an은 알고 싶지도 않았다. an은
무언가를 쓰고 싶지 않았는데 무언가를 줄줄 썼다. 그냥 그것
은 시장 골목에서 목숨 걸고 뛰쳐나오는 달리기 같은 것. an은
잠을 자지 않았다. an은 놀이터에서 밤을 새웠다. an은 커피
를 마시면서 길고양이 옆에서 밤을 새웠다. an 옆에는 또 다른
an들이 있었다. an들은 동아리 방에 가서 잠깐 눈을 붙였다.
an들은 아침이 되면 서로 손을 잡고 동네 목욕탕에 갔다. an들
은 미친 눈빛으로 수업에 들어갔다. 그때마다 선생님들은 따
뜻하게 웃었다. 애들아. 창문 좀 열자. 술 좀 적당히 마셔라.
an은 그렇게 취하지 않았다. an은 두통약을 너무 과하게 먹었
다. 그래도 다른 an들은 즐거웠다. 그들은 취했고 그들은 취한
만큼 수업을 열심히 들었다. 방송문학 시간에 맨 앞자리에 앉
아 an은 시를 썼다. 선생님은 an을 노려보았다. an은 전혀 몰
랐고 두통에 시달렸다. an은 방송문학 시간에 올 출석을 하며
시를 썼다. 드라마도 썼다. 중동지역에서 백인과 전쟁이 나서
중동 어린아이들이 무참하게 살해되는 이야기였다. 선생님이

끝까지 노려보는 것을 다른 an들이 귀띔해 주고서야 알았다.
어머니는 결국 아버지의 젊은 후배 집에서 an을 끌어냈다. an
은 마침 창틈을 가린 비닐을 도루코로 살살 떼어내고 있었다.
뜯어진 비닐 사이로 혹한의 찬바람이 들어왔다. 어머니는 그
골목에서 an을 구해냈다. an은 드디어 혼자만의 동굴을 만들
었다. 그렇게 2005년 문학동네에서 첫 시집《108번째 사내》
가 출간되었고, 절판되었다. 2021년 4월, 문학동네에서 개정
판 복간본으로 출간되었다.

《시로 여는 세상》 2021년 여름호

여름에는

2014년에는 그랬다. 그해 4월 16일에 나는 세 번째 시집《차가운 사탕들》의 출간 기념 축하 모임을 하고 있었다. 모처럼 와인바에서 친구 두 명과 웃고 떠들던 중이었다. 그리고 그 즐거움을 SNS에 올려 과시하고 있었다. 사진을 보고 한 선배가 문자를 보냈다. 너 지금 이 시점에 이런 사진 괜찮을까? 라고. 나는 무슨 일인가 싶어 포털사이트를 들어가 보았다.

그리고 우리는 모두 거대한 침묵 속으로 빨려들었다. 나는 천천히 사진을 지우고 멍하니 창밖을 바라보았다. 도시의 밤은 즐거운 얼굴이었다. 거리에는 사람들이 삼삼오오 모여서 웃고 떠들고 장난치고 있었다. 친구 한 명이 집으로 돌아가자, 라고 말하기 전까지 나는 백야에 던져진 낯선 동물처럼 긴장과 불안의 힘으로 겨우 버티고 있었다.

집으로 돌아왔고, 그는 소리 없는 눈물을 흘리고 있었다. 나는 그의 손을 꼭 붙잡고 뉴스를 보았다. 그리고 그 순간부터 수많은 죽음이 내 일상을 지배하기 시작했다. 집단 트라우마라고 했던가.

이미 죽은 아이들을 어찌하겠냐며 교통사고 같은 것이라고 말하는 사람들도 있었다. 문제는 현대 사회의 시스템에서 이런 사건은 단순히 우연적 사고가 아니라는 것이다. 죽음의 원인도, 부패의 온상도, 그 순간의 진실도 조금씩 왜곡되고 묻혀 갔다. 아이들의 영혼은 아무 곳에도 가지 못할 것이다. 그저 수학여행을 떠났을 뿐인데, 국가는 아무것도 보호해 주지 못했다. 그리고 사후 처리의 부실함 때문에 그 누구도 위로받지 못했다. 그렇지만 우리 주변에는 그 정도의 사유도 없이, 살아가고 있는 사람들도 있었다. 인간이 만든 사회는 우연적인 것은 없다. 근대 문명은 구조화되어 있기 때문에, 어쩌다 보니 그렇게 되었더라, 는 없다. 근본적 결함 없이 일어나는 사건은 없다. 우리가 그 아이들에게 해줄 수 있는 것은, 그것을 인정하는 것이다. 그것을 정확하게 밝혀주는 것이다.

하지만 촛불혁명도 그것을 해내지 못했다. 그것은 그저 망각의 쓰레기통 안으로 들어갈 것이다. 모두가 조금씩 그것을 잊고, 그 아이들을 잊고, 악惡이 되어가겠지. 한나 아렌트의 말처럼, 사유를 하지 않는 것이 바로 악의 출발이니까.

나는 당시 거의 매일 울었다. 조금씩 그 울음이 깊어지고 일상화되어 갔다. 아마도 죽음의 실체를 생생하게 재생할 수 있는 현대 사회의 문명 때문일지도 모른다. 우리는 고통에 점점 더 노출되어 가는 운명이니까. 모든 것이 재생되는 문명을 누리고 있고, 그것을 사랑하니까.

나는 아무것도 쓸 수 없었고, 그 쓸 수 없음에 대해 이야기하고 싶었다. 쓰는 시간 속으로 자꾸 침투하는 고통. 세월호 추모 시를 쓰고, 그것을 낭독하는 위로의 자리에 가서도 가만히 앉아 있지 못했다. 맨 뒷자리에 서서 눈물을 흘렸다. 함께 낭독회 행사에 참여한 친구 시인이 옆에서 같이 울었다.

제대로 애도할 수 있을까. 제대로 된 애도도 하지 못한 상태에서 무언가를 쓴다는 행위가 얼마나 미친 짓인가……. 희생된 아이들이 죽은 그로 등장한다. 제대로 써달라고 말한다. 그런데 나는 무능하고, 무능하다.

아무것도 제대로 쓰이지 못해서 빈 노트만 잔뜩 있는 시간. 오로지 백야처럼 빈 노트만 빛나는 시간. 빈 노트가 가라앉는 시간. 우리가…… 가장 불행한 심연 속으로 가라앉는 시간.

《시인시대》 2022년 봄호

공장과 숲

나는 안쪽에서 창문 바깥을 본다. 거리에서 서성거릴 때는 건물에 매달려 있는 창문 안쪽을 본다. 산책을 하다 말고 푸른 숲으로 걸어 들어갈 때, 창문 너머, 흰빛을 본다. 나는 무엇을 보나. 내가 보는 어느 쪽이든 조금은 죽음을 닮아 있다. 빛이거나 어둠인 것. 같은 것.

가구를 만드는 사람들이 나무에 앉아 있다. 사람들은 나무처럼 말이 없다. 조용히 손을 잡고 있는 사람들도 있다. 어떤 사람들은 무릎으로 떨어지는 빛이거나 어둠인 것을 바라본다.

나무는 몽상 안으로 빨려든다. 뜨거운 여름이지만 나는 차가워지는 무릎을 쓰다듬는다. 나무처럼 말이 없어진다. 나는 사람들을 보고 있다.

사람들이 공장 안으로 들어가면 가구들이 문 밖으로 나온다. 나는 문 안쪽을 본다. 아무도 보이지 않지만 문 바깥에서, 문 안쪽을 본다.

이곳에는 오래된 계단이 있다. 나선형의 계단. 언젠가 이 계단을 끝없이 걸어 이 세상 어디에도 없는 꼭대기에 닿으려는 사람을 보았다. 그 사람은 꿈에 자주 나온다. 꼭대기에 오른 사람. 꼭대기에서 가만히 앉아 있다가 떨어지는 사람. 추락조차 나선형으로 미끄러지는 사람. 그리워해도 마주 볼 수 없는 사람.

옥상으로 올라가 빨래를 넌다. 여름에는 더 이상 필요 없는 털옷. 털옷을 햇빛에 말리면 죽은 영혼이 살아서 돌아올 수 없다고 해. 정지된 구름은 몽상을 밀어낸다. 구름은 흘러가게 둬야 해. 눈물을 말리면 딱딱해진 마음이 부서진다는 사실.

이사 온 사람들이 부지런히 상자를 나른다. 저 오래된 트럭에는 수많은 상자들이 담겨 있다. 젖는 순간들을 상자 안에 잘 보관해야 한다. 상자가 너무 젖지 않도록 가끔 열어봐야 한다. 몰래 혼자 쓴 문장들. 편지는 버려지지 않는다. 버리지 못해서 버려지는 것들을 잔뜩 끌어안고 있다. 상자 안에서 편지가 자라난다. 너에게 부친 적은 없었는데.

그동안 몰래 써온 문장처럼 되어가고 있다고 생각한다. 비밀이라서 썼는데, 쓰는 순간 더 깊은 비밀이 생겼지. 그래서 멈출 수가 없었지. 이 비밀은 목적이 있어야만 할까. 그렇다면 비밀은 죽을지도 모른다. 목적 없는 문장처럼, 다만 미끄러질수록 아름다워지는 문장처럼, 천천히 비밀이 쌓여간다면 나는 사라지고…….

사람들이 부지런히 상자를 버린다. 트럭이 사라진다. 가만 보니 죽은 영혼은 살아나고 싶지 않다는 사실.

눈물을 가두니까 문장도 부서진다는 것. 젖은 문장을 쓴다. 버리기 위해 버려진다. 잘 버려지기 위해 더 많이 써야 한다. 잘 버려지고 나서 다시 써야 한다는 걸, 그렇게 그저 쓸 뿐이라는 걸, 쓴다.

나는 저녁이 스며드는 더 깊은 안쪽을 찾아본다. 옥상에서 내려와 오래된 계단 밑으로 천천히 떨어진다. 잘 보여? 무엇이 있나. 어디로 가나. 이보다 더 깊은 안쪽. 숲에는 발자국이 없다.

이사를 끝낸 이웃은 문을 닫고 불을 켠다. 거리에는 상자들만 남았다. 바깥으로 나가서 더 깊은 바깥을 보는 일은 어떨까. 잘 모르는 사람이 다가와서 상자들을 차곡차곡 쌓는데, 그의 손이 어둡다. 저녁을 담고 있는 손. 상자 귀퉁이가 젖어 있다.

나는 문 앞에 서 있다. 어디론가 가야지. 산책하다가 알 수 없는 밑으로 떨어져 푸른 숲으로 걸어 들어갈 때 내가 만난 것은 빛이거나 어둠이거나. 그 틈에서 조금 다른 것들.

가구를 만드는 사람들이 나무가 되어 있는 풍경. 털옷 내부가 텅 비어 있는 풍경. 계단이 무너져 있는 풍경. 털옷이 바람을 입고 숲속으로 혼자 걸어가는 풍경. 공장은 어둡고. 장갑이 떨어져 있다. 공장 너머에는 숲이 있다. 숲 너머로 넘어가려는 작고 조용한 휘파람이 흐른다. 마음이 부서진 후에 부드럽게 흰 뼈를 밟는 조심스러운 사냥꾼처럼 쓸쓸하고 잔인한 풍경.

그러나 이 모든 것은 너를 향한 편지의 시작이다. 부칠 수가 없지만. 시는 가닿을 수 없기 때문에 쓰인다. 영원히 닿을 수 없다는 것 때문에 쓰인다.

함께 있어도 혼자 있을 때가 있다. 그럴 때면 손 하나가 내 안으로 쑥 들어와서 고요하고 어두운 것들을 만진다.

가만히 조문弔文을 쓴다. 나 자신부터 모두에게 쓴다.

많은 악행이 있었다. 지금도 은밀하게 움직이는 안쓰럽고 슬픈 우리의 악행들. 내가 고통받는 것은 진실과 등을 돌리는 내 얼굴 때문인가. 너의 얼굴 때문인가. 우리 모두의 얼굴 때문인가. 아마도 악행을 쓰고 있다는 사실 때문인가. 악행을 잘 쓰고 있다는 사실 때문인가. 아니면, 악행이 아닌 척 쓰고 있기 때문인가.

이누이트족 샤먼들은 자신의 몸을 끈으로 묶어서 정신만 여행하게 만들려고 했다고 한다. 끈으로 묶지 않으면 몸조차 바람에 날아가 버려 다시는 돌아오지 못한다고 믿었다. 주술적 비행은 오히려 몸이 사멸 쪽으로 가는 것을 막고, 돌아오게 만든다. 그러니까 우리의 진실은, 주술적 비행에 있는가 아니면 몸을 부수지 않는 것에 있는가.

그러니까 우리의 진실은, 사랑을 향한 갈구에 있는가 아니

면 사랑의 실패를 외면하는 데에 있는가. 나는 실패를 말하는
데 더 익숙하다. 실패하지 않는 것들에 대해서는 쓰지 않는다.
쓸 필요가 없으니까. 쓴다는 것은 실패를 확인하고 그럼으로
써 다시 한번 실패하는 일이야. 적어도 내게는. 그러니까 사랑
을 향한 갈구가 실패할 수밖에 없다는 것을 쓰고, 그것을 외면
하고 싶어서 쓰기도 하는데, 결국은 외면에도 실패한다는 것
을 쓰지. 이것이 나의 진실이라면 진실일까.

　손 하나가 내 안에서 섬세하게 움직인다. 아프다. 그렇게 사
로잡힌다는 것. 이러한 쓰기는 매일 이루어진다. 리처즈의 말
처럼 시는 무관해 보이는 창문을 통해 들어오곤 하기 때문에
매일의 틈에 시가 고여 있다. 매일을 재현하는 것 너머에서 시
는 쓰이기를 기다리고 있다. 틈마다 박혀 있다. 틈에서 빠져나
오려고 하고 있다. 어느 한순간 틈과 틈을 뚫고 미끄러진다.
그럴 때면 함께 있어도 홀로 내 안으로 들어오는 손을 잡아야
한다.

처음에는 이렇게 썼다. 하고 싶은 말이 있는데, 할 수 있는 말
과는 다르다고. 조금 다른 말들을 쓰기 시작하면서 나는 어두
워졌다. 검은 웅덩이 안에 앉아 있는 기분이었는데, 어쩐지 내
몸 안의 근본적 공간이라는 느낌이 들었다. 나는 어디에서 태
어났을까. 어머니는 말씀하셨다. 지금은 재개발되어서 전혀
알아볼 수 없는 동네일 거야. 도시란 그런 운명. 도시가 고향이
라는 운명은 우리에게 근원을 찾아 헤매게 한다. 때로 근원으

로부터 해방시키기도 하면서.

시작도 끝도 없는 과정 속에서, 이데올로기적 목적과 지향 없이, 그것 너머에 있는 진실과 부딪히거나, 멀어지거나, 가까워지면서, 폐허 위에서, 쓴다. 이렇게 말하면 어떨까. 폐허가 익숙하다고. 불화와 부조리의 세계는 우리를 사로잡고 있다고. 그러나 부정의 방식으로 우리를 일깨운다고. 섣부른 긍정과 합일의 언어는 나의 것이 아니라는 것. 관습화되지 않은, 일탈의 언어가 자꾸 우리를 찾아온다는 것을. 너의 언어도, 나의 언어도 규정되는 것은 없다는 것을 말한다면. 어떤 규정도 아름다움을 가둘 수는 없다는 것.

아름다움은 여러 색깔을 보여주는데, 그래서 규정을 넘어설 수밖에 없는, 우리를 내모는, 폐허 위의 운동은 우리가 짊어지고 갈 수밖에 없겠지. 그러한 쓰기가 다시 규정화되면 새로운 언어가 우리를 침입해 올 것이고…… 어쩌면 진실의 모습은 냉정하고 잔혹하기에 매혹적인 것인지도 모른다고.

시에 대해서 이야기하는 것은 사실 중요하지 않다. 시를 쓰는 것이 중요하다. 시에 대해서 쓴 글을 읽는 것보다 훨씬 더 소중한 것이 시를 읽는 일인 것처럼.

쓰는 것은 혼자이지만 각자의 자리에서 같이 쓴다.

누구나 쓰지만, 모든 것이 쓰이진 않는다. 이렇게 말하는 것이 더 낫겠다. 쓰이는 모든 것이 시가 되지는 않는다. 다만, 쓰게 된다는 것, 누군가 시를 쓰게 된다는 것은 결핍과 부정이 우리 안을 물들이고 있기 때문이다. 그 회오리 속에 함께 있기 때문이다.

시는 그것을 극복하는 한 방편인가? 극복하기 위해 시를 쓰는 건가? 잘 모르겠다. 나는 그저 쓸 수밖에 없어서 쓰고 있다.
　그렇지만 쓰고 나면 쓰는 사람도 사라진다.
　시만 덩그러니 놓여 있다.

《파란》 2016년 여름호

도시생활자

어떤 곳에 가면 몸처럼 마음이 아프다. 마음처럼 몸이 망가진다. 나는 그곳을 고향이라고 부른다. 도시생활자에게 산과 들로 둘러싸인, 자연의 크고 따뜻하며 안온하고 무서운 품이라는 것이 고향으로 존재할 수 있을까? 그것이 내 성장기의 의문.

내 기억 속에서 즐겁고 찬란했던 시간은 과잉되어 있거나 결핍되어 있다. 언니들을 따라 다니며 쭈쭈바를 먹고 고무줄놀이를 했던 찬란한 시간은 부서진 폐허 속에서 사금파리처럼 빛이 난다.

그곳에 가본 적이 있다. 내게 놀이의 즐거움, 함께 뛰어노는 행복함을 알려주었던 순간, 어스름이 지면 각각의 창문 바깥으로 자신의 이름이 불리고, 음식 냄새가 놀이터까지 스며들었던 순간. 그 순간을 나는 가장 아름다운 순간으로 기록해 두고 싶었다. 그런 것이 내게 고향이었으니까. 소중하고 다정해서 떠올리기만 해도 마음 한구석이 따뜻한 물로 가득 차는 기분.

그곳에 가서 나는 흔적도 없이 사라진 내 고향의 실체를 보았다. 누군가에게 세련된 삶의 공간이 되어버린 그곳에서 나의 아름다운 유년은 산산이 부서졌다. 아무리 기억을 더듬어봐도 알 수가 없었다. 정글짐이 어디 있었더라. '무궁화 꽃이 피었습니다'를 자주 했던 나무 기둥은 어디에 있지. 모래성을 쌓고 허물던 모래 바닥은 어디로 간 것일까. 나는 꿈속에서 내 유년의 장면들을 체험했던 것일까.

재개발로 변신에 성공한 그곳을 떠나오면서, 문명은 발전하고 그것을 충분히 누리며 사는 내가 사막에 던져진 자처럼 막막하고 아플 수 있다는 것을 깨달았다. 어떤 시간을 부수고 어떤 기억들을 소멸시키면서 도시는 자신을 불려간다. 우리는 소중한 기억들을 기꺼이 문명의 제단에 바치면서 새로운 세계로 진입한다. 자신의 일부분이 훼손되어 가는 것을 알지만, 훼손하는 공범에 포함된다는 것도 알지만, 멈추지는 않는다. 고통에 휘둘리지 않기 위하여 더욱 빨리 새로워지려고 한다. 발전을 멈추고 낡고 쇠락한 공간을 보존한다는 것은 촌스럽고 무지한 일로 취급된다.

우리는 고향을 상실한 도시생활자이다. 도시에서 태어나 도시에서 죽어가는 사람들의 운명. 비극적일까? 희극적일까? 같은 말인가. 나는 그곳에 한참 서서 모든 것을 세심하게 바라보았다. 떠밀리고 사라지는 공포의 기운에 휩싸였다. 그리고 그곳에는 다른 사람들이 있었다. 나만의 장면들이 불에 타서 재처럼 흩어지는 악몽을 꾼 기분. 다시는 오지 말아야지.

누구든 소멸한다. 공간만이 아니라 무엇이든. 구체적인 흔적은 사라지고 내 영혼의 흔적으로 찾아갈 수 있는 곳. 그런 곳이 고향이다. 그러므로 나는 어느 곳에서든, 어느 시간에서든 고향을 만날 수 있다. "아프기 시작한 곳이 고향"이니까 (〈여름의 귀향〉,《언니에게》).

이런 고향은 내 안에서 조금씩 달라진다. 셰익스피어가 쓴 〈리어왕 2세〉에는 슬픔의 그림자에 대한 이야기가 나온다. 모든 슬픔은 스무 가지의 그림자를 가지고 있다고. 슬픔은 그 그림자들처럼 보이나, 그 자체가 그림자는 아니라는 것. 근심의 눈동자는 홍건한 눈물에 가려 전체를 여러 개의 사물로 쪼개어놓기 때문이라는 것. 마치 정면으로 보면 혼란하게만 보이고 기울여서 보아야 뚜렷한 형태를 취하는 이상한 투시법의 그림처럼.

나는 내 안에서 기울여야만 또렷하게 보이는 아름다운 시간들을 목도한다. 고향은 나의 내부에서 여러 번 쪼개지고 다시 뭉쳤다가 다른 방향으로 흩어지는 이상하고 놀라운 세계이다. 이것은 기록될수록 변형된다. 부서지고 난 후 슬픔으로 재건되는 과정 속에 있기 때문이다.

자기 안에 슬픔으로 자신만의 고향을 재건하고 있는 목수들은 모두 시에 가깝다. 이런 슬픔의 집은 시만이 기록할 수 있기 때문이다. 시만이 변형할 수 있기 때문이다. 슬픔으로 단단해진 해머를 들고 끊임없이 내부의 공간을 넓혀가는 나날들. 도시생활자의 이상한 매력이란 그런 파괴와 재건 속에 있지 않을까. 슬프고도 어리석지만 아름다운 목수처럼.

나에게 도시라는 아이러니는 적극적인 삶의 터전이자 내가 벗어나야 할 곳이며 내가 사랑하고 증오하는 양면성의 얼굴로 다가온다. 그리고 나는 그 얼굴을 내 얼굴에서 발견한다. 으슥한 골목에 환한 빛을 건네주는 클럽 간판을 보면서 안심하는 아이러니와 비슷한 것일까. 무심한 이웃들에게 편안함을 느끼고 익명성 속에서 안온하게 자신을 숨길 수 있는 도시생활의 편리함은 언제나 슬픔을 이면에 숨기고 있으니까. 우리는 서로를 바라보면서 서로를 보지 않고 있으니까. 타자를 보면서 타자의 내부 안으로 들어가는 일은 어렵고 힘들다는 것을 깨닫고 있으니까. 어쩌면 우리는 각자 외로워하면서 외로움을 지키고 싶어 하는지도 모른다. 외로움을 극복하기 위해 서로를 넘나드는 행보에 대해 공포감을 가지고 있는지도 모른다.

도시는 외로움을 지키기에 좋은 곳이다. 나는 외롭고, 외로움은 보호받고 있다. 각자의 고향은 내부에서 재건되는 중이다. 그렇게 만나는 슬픔의 얼굴을 서로 바라본다. 새 고향은 보호받고 싶어 한다. 아직 재건되는 중인 이곳, 쉽게 부서질 수 있으므로 더욱 조심스러운 이곳, 그러므로 슬픔이 재건하는 도시생활자의 새 고향은 보호받고 싶어 한다.

하지만 보호받을 수 없다는 것을 잘 알고 있다. 이 고향은 서로에게 잘 침투한다. 병든 사람은 병든 사람을 알아본다. 그래서 외면하지만, 그래서 끌린다. 아픈 자들은 아픈 자들끼리 슬픔의 연대가 있다. 그러나 그 연대는 조금 차갑고 숨어 있다.

그게 도시의 방식 중 하나일지도 모른다. 도시생활자들은 과잉과 결핍 사이에서 흔들린다. 흔들리면서 서로에게 다가간다. 나의 과잉이 너의 결핍이자 너의 과잉이 그의 결핍이자 그의 결핍이 그녀의 과잉…… 다정한 방식이면 좋으련만!

이상한 투시법으로 세워지는 세계. 어쩌면 위험할 수 있는 세계. 눈물이 홍건하여 여러 조각으로 흩어지는 파편들을 홍건한 채로 바라보는 세계. 그렇게 실존을 느낄 수 있는 세계. 그걸 시로 쓴다. 도시생활자는 시 쓰기에 최적화된 종족이 아닐까? 경계에 선 자들. 도시라는 아이러니를 벗어나게 되면 나는 계속 시를 쓸까? 자연이 자연으로 빛을 내는 세계, 그곳으로 가면 시를 쓰고 싶은 마음이 들까? 고통과 아름다움이 뒤범벅된 이곳에서 나는 이상한 슬픔과 찬란을 느낀다. 그리고 아직은 이 상처 속의 찬란이 나의 힘이 되는 것이다.

인간은 자연이 그 자신을 그리는 세계로 가고 싶어 한다. 그렇지만 문명이 주는 꿀맛을 버릴 수 없는 나약함을 가진 결핍된 존재이니. 도시가 고향인 어떤 사람들은 그곳이 부서진 경험을 뼈아프게 간직하고 있다. 자기 내부에 고향을 재건하고 있는 중이다. 나는 시를 쓰게 되었다. 다정한 방식이면 좋으련만!

《서울-이서구》 2017년 6월호

우리, 운동할까?

나는 무생물의 별자리. 천칭이다. 저울만 있다. 나 참. 누가 나를 보고, 천칭의 균형과 저울의 힘이 있다고 생각할까. 별자리는 붕괴된 사물들의 잔해가 모여서 만들어낸 이상한 지도이다. 아직은 아니니까, 나는 무생물로 완성되어 가는 과정 중에 있다. 탄생은 겪었지만 죽음은 아직 겪지 못했으므로 어떤 언어이든 그것을 향해 가는 것일지도 몰라.

여름은 안쪽이 너무 뜨거워서 안쪽의 모든 것을 빼내 비워버리고 싶은 욕망에 시달리는 계절. 겨울은 너무 차가워서 안쪽으로 들어가고 싶어 두 손을 몸속으로 넣고 싶은 욕망에 시달리는 계절. 봄과 가을은? 걔네들은 안도 밖도 아닌 부위다. 이를테면 목? 어깨? 다리. 어떤 계절이든 바람은 모든 촉수를 안으로 모이게 한다. 안과 밖에 대해서는 이제 말하지 않기로 한다. 그곳에는 바람이 있다.

어떤 만화에서 계절에서 변화하지 않는 자, 라는 구절을 보고 절망한 적이 있었다. 그때 그의 자세는 아주 꼿꼿했다. 나는 구부정한 자. 우주는 많은 가설 속에서 빛을 내거나 빛 뒤로 숨어버리는 아름다운 개념이지만, 사실 까 보면 모든 건 이해할 수 없는 상태이다. 그러므로 끊임없이 운동해야 한다. 운동하지 않는 것들로 이루어졌다는 별자리의 선고는 안쪽에서 바깥쪽으로, 바깥쪽에서 안쪽으로, 위에서 아래로, 아래에서 위로 나를 운동하게 한다. 움직여야만 내가 완성되는 순간에 움직일 수 없다는 것을 배우게 된다.

우리는 "사랑하는 사람이 없어서 죽은 자들의 이야기만 한다"고 투덜거렸지만, "죽은 자들의 이야기만 쓴다"로 고쳐서 썼다. 사랑하는 사람에 대해 늘 생각한다. 그러나 사랑하는 사람에 대해 아는 것이 아무것도 없다. 그래서 늘 생각하는 것이다. 문장으로만 존재하는 것들은 자꾸자꾸 말을 해주어야 한다. 육체를 얻을 때까지. 또 다른 문장이라는 육체를 얻을 때까지.

2010

사춘기라는 이름

일상의 계획을 스스로 만들고 그것을 실천하는 것, 그것이 어른의 기본적인 요건일까? 자잘한 계획들이 삶의 목표 ― 이를테면 집과 자동차, 높은 연봉, 명예와 권력 등을 향해 질주하는 것, 그것이 현명한 어른의 청사진이라고 우리는 교육받아 왔다. 가까운 친족부터 학교, 온갖 미디어의 정보들을 통해서 말이다. 그러나 그 명제 안에는 '진정한 나는?'이라는 질문은 없었다. 그때도, 삼십 대 중반인 지금도, 나는 이 질문 안에서 헤맨다.

나라는 존재에 대해 가장 크게 고민했던 시기를 생각해 보면 십 대 시절의 추억들이 자연스럽게 떠오른다. 주어진 것들을 잘 가꾸고 만들다 보면 '훌륭한 사람'이 되리라는 생각은 우리 모두에게 당연한 것이었다. 그런데 우리의 에너지는 자꾸 주어진 것에서 벗어날 때 샘솟았다. 왜였을까?

수업 시간, 참고서 밑에 시집이나 소설책, 만화책 등을 펼쳐두고 몰래 읽을 때, 괴발개발 쓴 엉터리 시나리오를 들고 친구들을 불러 모아 턱없이 영화제작을 꿈꾸었을 때, 배우를 꿈꾸는 친구들과 자율학습 시간에 도망쳐서 공원에서 연기 연습을 함께할 때……. 때로 친구들은 연기를 실제와 혼동하면서 비극의 여주인공이 되거나 악역에 심취하곤 했다. 그리고 어스름한 저녁 빛이 내리면, 강요하지도 않았는데 마음속에 숨겨둔 비밀을 하나씩 고백하는 아름다운 시간이 펼쳐졌다.

친구가 짝사랑하는 선생님이 나의 숨겨둔 짝사랑이었을 때의 당혹감, 행복하게만 보였던 친구 가족의 불화, 가난한 집안에서 겪었던 굴욕의 일들, 타인에게 못되게 굴었던 사소한 악행까지. 아무에게도 보여주고 싶지 않은 치부를 늘어놓을 때면 아무래도 훌륭한 사람에서 멀어지는 기분. 사회생활에는 별로 도움이 되지 않는 솔직하고 감성적인, 쓸데없는 가치를 향해 달려드는 부나방 같은 기분. 저녁의 붉은 빛 아래에서 우리는 손을 잡고 서로 울면서 그렇게 마음을 열었다.

지금 생각해 보면 그런 순간들이 얼마나 빛나는 시간이었는지 알 수 있다. 우리의 사춘기는 입시와 사회의 제도에 짓눌리면서도 나 자신뿐만 아니라 서로의 마음 밑바닥을 어루만지고 감싸주는 은밀한 영역에 고여 있다는 것.

나는 세속적인 성공과는 거리가 먼 사람이 되었다. 모든 것을 가진 사람을 만나도 그 사람의 쓸쓸한 모습을 먼저 발견하게 되는 아이러니는 결국 시를 사랑하는 자의 운명인 것일까.

그렇게 시인이 되었지만, 사춘기 시절의 비밀스러운 순간에
도취되는 버릇은 멈추지 않았다. 웃는 얼굴 뒤에 숨겨진 그 사
람의 슬픈 표정을 생각하는 것. 작고, 소외되고, 그러나 엄연
히 존재하는 슬픈 일들을 바라보면서 그 안에 담긴 나 자신을
발견할 수 있게 되는 것이다. 이런 것이 진정한 나를 발견하려
는 철없는 사춘기의 연장이라면, 그런 꿈꾸기가 계속해서 시
를 쓰게 만드는 것인지도 모르겠다. 그리고 일상에서 벗어나
또 다른 것을 바라보려는 사람들의 소중한 마음에 어쩌면 '사
춘기'라는 이름을 붙여줄 수도 있을 것이다.

2010

상상하는 자리

떠오르는 한 장면이 있다. 노무현 정부가 끝을 맺고, 이 상식적이고 현실적인 정부가 이어지지 못한 채 이명박 정부가 들어섰을 때. 그때 나는 친구와 함께 노래방에 갔다. 술자리의 뒤끝이 아니라 그저 노래를 부르고 싶어서, 노래로 일상의 고단함을 날려버리는 취미생활의 일환으로. 유행가란 현실의 고통을 뛰어넘어 앞으로 찾아올 희망을 앞당기는, 따뜻하고 친밀한 영역이다. 그것이 좋았다. 하지만 그날은 그런 마음이 산산이 붕괴되어서 아무런 정서도 공유할 수 없었다. 그리고 꿈을 찾는 어떤 노래를 부르다 말고 나는 울었다. 그때 친구가 말했다. "뭘 그렇게 오버해?" 그리고 잠시 후 말을 이었다. "너의 심정이 나의 심정이다."

친구도 알고 있었다. 정치 현실이 우리의 모든 생활을 지배하리라는 것을. 그리고 그것에 대한 노여움과 이상한 상실감이 우리를 당분간 폐허 속에 밀어 넣으리라는 것을. 그리고 우리가 일상의 감각을 누구보다 예민하게 느끼며 불합리들이 찾아오는 순간마다 그 고통들을 잊지 못하리라는 것을. 우리는 각각 그날 침묵에 빠진 자와 울고 있는 자의 모습을 하고 있었지만 공통의 폐허가 되어가고 있는 서로를 공유했다. 그리고 처참한 이 공유는 생각보다 오래 이어졌다. 10년이라는 시간 동안. 최근에 많은 사람들이 죽었고, 국정은 유린당했으며, 바다는 이제 아프고 고통스러운 이름을 갖게 되었다.

예민하다고 지적을 받는 사람들은 자신의 예민함을 탓한다. 일종의 거리두기에 실패한 것은 아닐까. 타인들이 감정 조절에 성공할 때 나만 실패하고 나만 주변을 불편하게 하는 것은 아닐까. 화살을 자신에게 돌리면서 내부 파먹기에 돌입한다. 세상은 다 그런 것인데, 나만 불합리하다고 외치고 있는 것은 아닐까. 나는 세상의 모순을 인정하고 받아들이기에 실패한 미성숙한 어른이인가. 이러한 자기 검열과 자기 분열은 일상에서 도사리고 있는 세세한 불합리들을 합리화시킨다. 세상은 다 그래. 어쩔 수 없는 부분도 있는 거야. 내가 잘하면 되겠지. 마치 긍정의 메커니즘이 우리를 구원하는 것처럼 소소한 모순들은 미화된다. 일종의 사회생활을 하기 위하여, 모순을 바라보는 예민하고 날카로운 시선들이 뭉개지고 적당한 타협이 우리를 거짓 안식으로 이끈다.

정치는 그러한 우리끼리의 후려치기(?)를 십분 이용한다. 시민대중들이 너무 예민하지 않기를, 너무 날카롭지 않기를, 너무 나대지 않기를 바라며 정교하게 그러한 분위기를 만들어 낸다. 거짓 안식 속에서 적당히 안주하며 자신의 노동현실이 오로지 경제생활에 대한 고민으로만 집중되기를, 그것이 '어쩔 수 없는' 최고의 가치로 일상을 잠식하도록 만든다.

그럴 때 예술은 위축된다. 그럴 때 예술은 성행한다. 예술은 경제생활에 함몰된 사람들이 외면할 때 자연스럽게 위축되기 때문이다. 그리고 예술은 자신을 위축시키는 거대한 힘에 맞서서 늘 스스로 드러내려는 속성이 있기 때문이다. 위축되면서 폭발하는 것. 억압하는 힘과 끊임없이 줄다리기를 하는 것. 침묵과 울음 사이에서 공통의 감각을 기어코 끄집어내는 것.

시는 그중에서도 그 모든 기록을 앞서서 전달하는 세계이다. 사유와 감각의 절벽에서 언어를 불러오는 운명. 시는 우리 사회의 '어쩔 수 없는' 최고의 가치로부터 가장 자유롭고, 또한 가장 얽매여 있다. 시를 쓰거나 읽는 향유자들은 현실적으로는 아무런 효용성이 없는 세계를 탐닉하는 자들이고, 다른 한편으로는 경제생활의 파탄에 던져지면 시를 향유할 여력마저 없어지기 때문이다.

문제는 예술 스스로가 그러한 이중 고통에서 자신의 자리를 모색하도록 만들지 않는다는 데 있다. 박근혜 정부의 블랙리스트는 그러한 시사점을 확인시켜 준다. 우리 사회의 참혹함은 스스로 무엇인가를 상상하고 행동하고 성공하거나 실패하도록 내버려두지 않는다는 데에 있다. 일상을 소소한 만족에 결박하고 삶의 본질적 가치로부터 계속 유리시키는 것, 현재 주어진 억압 이상의 것을 상상하지 못하도록 만드는 것, 그것이 가지고 올 획일화된 삶의 고통을 지워버리는 것, 그러한 지점이야말로 고도화된 관리체계가 아닌가.

예술은 그것이 가진 정교한 폭력들을 자꾸만 환기한다. 생활에서 지워진 근본적인 문제점들을 끄집어낸다. 자꾸 질문한다. 불편하고 낯선 질문들이 우리 생활을 흔들며 다가올 때는 때로 회피하고 싶어진다. 시는 질문으로 가득 찬 세계이다. 정해진 답이 없는 세계이다. 질문과 질문이 만나 미지의 영역을 만들어내는 세계이다. 쓸데없는 것을 묻고, 쓸데없는 것을 불러온다. 사람들은 시를 향유하면서 매번 정답을 얻지 못한다. 오히려 질문의 길에서 헤매다가 끝날 때가 많다. 하지만 시가 가는 너머의 세계를 부정하지 않는다. 시는 모르는 길로 가는 것이다. 가면서 질문하는 것이다.

물론 향유자들이 함정에 빠질 때도 있다. 그러나 그러한 회피이든, 환대이든 예술과 향유자들이 스스로 움직여서 만들어내는 장이어야 한다. 갈등과 대립을 스스로 극복해 나가며 새로운 지점들을 만들어내야 한다. 그러한 과정들은 예술과 향유자들에게 다른 상상의 힘을 불러온다. 부딪히고 깨지더라도 그 파편들에게서 빛나고 있는 약한 빛줄기 하나가 어떤 방향들을 가리킨다. 상상하는 자리. 그것이 사회를 흔드는 가장 위험한 힘이다. 그렇기 때문에 오히려 모든 것은 권력자의 의도대로 관리되어야 한다는 끔찍한 생각들이 내부에서 치밀하게 체계화되고 있는 것이다.

시민대중들이 광장으로 뛰쳐나온 것은 자신들의 의도대로

모든 것을 끌고 가려는 불합리에 대항하는 것이 아니었을까. 더 이상 자신들을 억압하는 어떤 힘에 끌려가지 않겠다는 절박함이 아니었을까. 세상의 질서라 이름 붙은 불합리와 모순에 대항하여 스스로 질서를 만들어보겠다는 자유로운 힘이 아니었을까.

그것은 때로 광장에서 촛불의 방식으로, 축제의 방식으로, 행진의 방식으로, 침묵이나 구호의 방식으로 쓰였다. 이 모든 것이 모여서 하나의 결과를 이끌어내었지만 중요한 것은 그 과정이다. 스스로 억압을 헤쳐나가는 과정 하나하나가 자신만의 시 한 줄을 쓰고 있는 것.

쓰는 자도 읽는 자도 모두 그 과정에서 억압에 갇혀 있던 스스로를 해방한다는 것. 그렇게 자신이 만든 열린 세계를 만난다는 것. 이것이야말로 자신만의 혁명이자, 이 작은 혁명들이 만들어내는 상상의 힘이 아닐까. 나를 둘러싼 현실을 예민하게 바라보고 그것의 모순들을 인식해 나간다는 것, 주어진 세계 이상의 것들을 상상해 내는 힘, 그래야만 스스로를 해방하는 힘을 얻을 수 있다는 것…….

나는 광장에서 촛불을 들며 생각했다. 더욱더 예민해져야겠다고. 주어진 것을 의심하고 그 너머를 상상해야겠다고. 이 많은 사람이 각자의 촛불로 자신만의 예민함에 불을 켜고 서로를 바라보고 있는 만큼, 지금 너머의 것들을 함께 상상할 수 있다는 것을 알고 있다. 정권 교체라는 현실적인 결과를 넘어

서 새로운 모순과 불합리에 직면하게 되는 순간을 더욱더 예
민하게 바라봐야 한다는 것 또한.

주어진 것은 주어지는 순간 모순을 드러내고 있다. 무엇인가
를 하나 이루어내었다고 해서 그것이 전부가 아니라는 것, 광장
의 경험들이 한순간의 추억으로 남지 않고 상상 자체의 힘으로
이어져야 한다고.

끊임없이 질문의 탑을 쌓는 내면의 노동을 이어가야 한다.
이것은 즐거운 상상의 노동. 그렇게 시는 현실과 만난다. 시는
근본적으로 질문하는 현실과 만나고 있었다.

그리고 지금 우리는 도래할 모순에 직면하고 있다.

《파란》 2017년 겨울호

스릴러 영화를 본다

스릴러는 양가적인 덕목이다. 싫지만, 좋기도 하다. 사람들에게 공포와 긴장, 흥취를 일으키는 덕목인데(덕목이라고 할 수 있다면) 스릴러 없이 살아온 적은 없는 것 같다. 일상을 이루는 소소한 긴장과 불안, 격정적 에너지가 스릴러적이라고 생각하지 못했던 것은 일상이 하나의 장르라고 생각하지 못한 것과 연결되어 있을 것이다.

근대 이후 일상은 일종의 이데올로기가 되어서 우리 삶을 지배하고 있다. 일상을 잘 꾸려가는 것은 소중하다. 하지만 언제나 부서지기 쉬운 것도 일상이다. 일상이 허상이라고 느끼는 순간, 견고한 것들이 무너져 내린다. 당연해 보이는 자리에서 이탈되어 알 수 없는 시간 속으로 내던져진다. 수치화된 근대의 시간은 의미가 없어지고 새로운 시간과 공간으로 던져진다. 제도 밖에서 홀로 떠도는 무방비한 상태.

삶은 죽음과 얼굴을 맞대고 있다. 평화롭게 친구와 커피를 마시고 집으로 가다가 교통사고를 당할 수도 있는 것. 삼풍

백화점이나 대구 지하철 참사, 세월호, 이태원, 계엄, 9·11, 지구상에 일어나는 온갖 종류의 전쟁 등등 우리 사회의 일뿐 아니라 세계사의 끔찍한 사건들도 갑자기 찾아온다. 실재의 얼굴로. 충격과 공포의 얼굴로. 누구도 예측할 수 없는 부서짐의 순간들. 견고한 삶의 요소들이 부실한 난간일 수 있는 것.

매 순간 삶과 죽음의 엎치락뒤치락 속에서 우리는 견디고 있다. 일상은 부실하기 짝이 없는 것일지도 모른다. 그렇게 삶은 일상에 도사린 불안과 공포, 이상한 흥취 없이 이야기할 수 없다.

이러한 우리의 운명을 스릴러라고 말해도 될까. 일종의 장르이자 극적 요소인 것으로 이야기해도 될까. 조금 더 걸맞은 용어가 있지 않을까. 하지만 나에게 시 쓰기는 부서짐의 연속이고, 부서지는 조각들의 위태로운 연대이며, 예측불허의 이상야릇한 파편이자 무늬. 알 수 없는 것들이 서로를 향해 흘러가는 끈끈한 에너지. 기이한 흥취를 불러일으키는 도저한 세계. 스릴러 없이 탄생할 수 없는 진실이다. 놀랍고 새롭고 이상하고 아름다운 언어가 구성하는 복잡하고 숭고한 세계이다.

지붕과 욕조. 통유리창과 실크 커튼. 시간이 멈춘 루프탑. 우리는 꼭대기에서 주로 헤어진다. 옥탑방에서 그랬고, 전망대에서 그랬다. 결별은 시간을 정지시킨다. 현실의 시간은 해체된다.

기울어진 듯이 보이는 고층 건물들. 보리차인지 커피인지 알 수 없는 티백을 우려 넣은 찻잔 속 액체. 산미가 있는 커피는 뱉어낸다. 하이엔드 쇼핑몰. 내가 좋아하던 이웃집 할머니는 쇼핑몰에서 죽는 것이 소원이라고 했다. 겨울이 끝났다. 어찌할 수 없이 쌓였다가 녹아내리는 지붕의 눈.

희고 두꺼운 욕조를 새로 샀다. 욕조를 보고 편지를 쓴다. 욕조 안으로 들어간다. 욕조 안에서 쓴다. 원형 기계. 희고 반들반들한 관 속. 책을 읽었다. 반복해서 읽은 시인 L, 반복해서 생각한 L. 너무 끔찍하고 슬프고 여성 대상화가 불편했던 L. 매번 읽었다고 착각하는 소설가 쟝. 아니, 읽었고 몇 번이나 읽었으나 안 읽은 것 같은 이상한 욕조. 원형 기계. 알게 되었다고 생각했고 다 안다고 생각했던 나의 너. 다 아는 만큼 사랑한다고 믿었던 너. 너의 내밀한 지옥까지 들여다보고 있다고 착각했던 순간이 있었다.

옥상에서 심장이 타버리는 독주를 마시던 이십 대가 있었다. 옥상은 지붕일까, 바닥일까. 중동의 어느 지역에서는 지붕이 땅이 되는 마을이 있다고 한다. 이유를 알 수 없는 수치심과 질투. 망가지는 것으로 무엇인가 증명하고 싶었던 젊은 병증. 뾰족한 고딕풍 옆 건물 지붕이 내 발아래 있었다. 지붕 위에 흰 구름이 욕조처럼 둥글게 떠 있다. 공중과 원형. 죽음과 원형. 그것이 내 이십 대의 에너지. 어떤 것도 단순한 건 없다. 어떤 것도 명쾌한 건 없다. 지리산에서 추락한 너의 친구. 홍수에 휩쓸려 간 너의 친구. 고통이었다. 뒤라스의 고통. 함께 읽었다. 인간이기에 인간 이하의 폭력과 부서짐이 가능한 것일지도. 끝내 찾아오는 결별. 읽고 또 읽어서 끝내 아무것도 남지 않았던.

그리고 홀로 읽은 밤들. 잉게보르크 바흐만의 《추락하는 것은 날개가 있다》가 떠나지 않는 유령의 깃털로 내 심장에 붙어 있었다. 추락과 상승. 타버린 것. 불에 타 죽는 것이 가장 큰 고통이라고 한다. 흡혈귀도 불에 타면 소멸한다. 잿가루로 붙어 있던 바흐만의 회색 깃털.

때로 목욕탕을 개조한 바에서 짐빔을 마셨다. 숨 막히는 자살 의식처럼. 어느 밤 홍대 앞 거리에서 주먹을 불끈 쥔 너를 보았다. 너는 내 친구. 그리고 내 적. 언제나 친구와 적은 한 기계 안에서 탄생한다. 우리는 각자의 생존을 위해 헤어졌지만 어떤 부서짐도 극복하지 못했구나. 하나의 부서짐조차도 떨쳐내지 못했구나. 시간이 정지했고, 우리는 결별했고, 끝내 결별하지 못했다.

이십 대부터 18년을 홀로 산다는 것은 뭘까. 이십 년 가까운 시간 동안 공중으로 올랐다가 지하로, 4층으로 흘러 다닌다는 건. 독립도 아니고 의존도 아니고 현실도 아니고 환상도 아닌 시간에 껴서 일상을 해나가는 것은 나의 적. 일상의 틈에서 해체되고 조립되는 건 나의 친구. 수많은 친구와 적이 주차장 골목에서 전화를 했다. 나와. 거리로 나와. 책을 버려. 거리에서 나랑 술 마셔. 술을 마시면서 읽었다. 드롭탑 카페 노천에서 밤을 새웠다. 새벽이 오면 가면을 벗고 허탈한 미소를 나눠 가졌다. 나의 사랑 한국 시인들. H와 방학이면 매일 교보문고로 출근해 시인선 1번부터 읽기 시작했다. 사라져 버린 서점에서 중동신화를 사주었고, 어느 밤 횟집 사장하고 야반도주했다. 그때 H는 일그러진 막대기였다. 잘 가. 단 한 번도 펴진 적 없는 시간이었어. 나는 H를 원형 기계에서 추방했다. 킬러를 고용해서 H의 시간을 모두 말살할 계획으로 뒷골목을 누볐다. 그럴 때마다 검도를 배울 때 사두었던 목검의 날을 닦았다. 어떤 무공은 시간을 베기도 한다. 킬러가 되려고 수련을 했어야 하는데. 악행의 마음이란 이런 것일지도. 이미 사라진 시간을 다시 처벌하고 싶은 마음일지도. 그렇게 멀리서 오는 시간에게 처벌당하는 18년. 출판사를 다녔고 박사 과정에 입학했다. 어떤 것도 후회하지 않지만 공부는 하지 말걸.

공부를 했고 결혼을 했고 술을 끊었고 학위를 받았다. 그리고 젊은 친구들을 만났다. 학교에서, 외부 강의에서, 길거리에서, 카페에서, 아케이드에서, 깊은 숲에서. 공중과 바닥을 흐르는 계단 곳곳에서 젊은이들이 새롭고 충격적인 언어를 새겨 넣고 있었다. 원형 기계 안으로 푸릇푸릇한 시간들이 몰렸다. 그들의 병은 투명하고 아름다워서 젖은 날개로도 힘차게 날 수 있었지. 나의 사랑 여성 시인들. 젠더를 벗어난 시인들. 검은 물결을 헤치고 나아가는 시인들. 나는 그때까지 관계가 끝난다면 서로 죽는 것이라고 생각했다. 상징일 뿐이지만, 상징을 뛰어넘는 것. 시간이 정지하고 시간이 죽는 것. 그렇지만 상징은 어떤 순간에 무력해진다.

스스로 원형 기계 안으로 걸어 들어간 시간이 있다. 스스로 죽음으로써 말이다. 나는 그 시간을 세지 못한다. 생존자들은 결국 희고 두꺼운 자신만의 욕조에 들어가 있는 죽음을 돌볼 수밖에 없다. B와 K와 S의 죽음. 그 욕조들은 내 언어로 각인될 것이다. 애도는 시간을 어떻게 만들까. 나는 자주 울었고 많이 울었고 계속 울었다. 곤죽이 되었다. 비슷한 시기에 이 청년들은 서로 모르는 채로 각자의 공중에서 사라졌다. 나에게 각자 다른 흔적을 남기고. 사격장 실탄 과녁판처럼 나는 남았다. 검은 구멍이 숭숭 뚫린 나. 한복판이 너덜너덜해진 나. 홀로 남은 나의 시 쓰기는 뭘까. 오로지 애도의 과정이지 않을까.

우리에게 시간은 무엇입니까.

앞서 말했지만, 결혼을 했다. 그는 내 원형 기계 안으로 성큼성큼 과감하게 들어왔다. 그를 만난 후 십여 년 넘게 내가 생존할 수 있는 이유 중 하나일 것이다. 지붕도 욕조도 공중도 바닥도 그 가운데서 미로같이 뻗어나가는 계단도 부서짐을 극복하지 못한다. 함께 부서지고 다시 부서진다.

그 어떤 일도 단순하지 않다. 어떤 것도 쉽지 않다. 모든 일은 복잡하다. 시는 명징할 수 있지만 단순할 수 없다. 시가 선명할 수 있지만 해석에 명쾌할 수 없는 이유다. 우리의 시간이 정지해 있거나 해체되어 있을 때, 일상의 선명함이 이데올로기에 불과할 때, 무섭고 복잡한 아이러니로 생활의 구석을 무너뜨릴 때, 시는 어떤 얼굴이 되어야 할까. 나를 둘러싼 무수한 죽음이, 단단하고 구체적인 죽음이 나를 생존하게 한다면 나의 언어는 어떠해야 할까. 결별과 어긋남이라는 상징적인 죽음을 실제의 죽음이 압도해 버릴 때.

내 시는 그런 것들의 기록이다.

기록하기 어려운 것들을 기록하려는 힘에 겨운 몸짓이다. 복잡하고 덧붙여지고 삭제되고 지연된다. 복잡한 감각은 실제를 경유하여 새로운 지평 너머로 나아간다. 종국에는 무엇에 다다를까. 시간이 무엇인지 알 수 없는 것처럼 끝에 무엇이 있는지 알 수 없다. 스릴러의 끝은 단순한 반전이 아니듯이 삶은 규정될 수 없는 죽음의 얼굴 그 이상일지도.

뜻을 알 수 없는 외국어를 듣는다. 옛날 외국 영화를 본다. 벽에 기대서 본다. 옛날 외국 영화를 좋아하는 것은 아니다. 오래된 목소리가 필요하고, 의미를 벗어난 다양한 목소리가 필요하다. 시간이 정지한 풍광이, 가볼 수 없는 시간이, 새롭게 재탄생하는 과거라는 이름이 나를 일깨운다. 지금의 우리를 있게 한 실체로서의 서사, 끔찍한 얼굴을 품고 있는 과도한 낭만의 그 시간들조차 다정하게 느껴진다. 예측으로만 감지할 수 있는 미래라는 사건을 우리에게 선사한 인간의 심연이 내 앞에 당도해 있다. 불가해하게 펼쳐지는 시간에는 무수한 나의 내부가 있고, 나와 너를 뛰어넘는 무수한 슬픔의 깊이가 있다.

통유리 창에 맞은편 고층 건물의 불빛이 쏟아진다. 도시는 익숙하고 낯설다. 스릴러는 어디서든 출몰하지만 도시에서는 필수 요소일지도. 하수구에 무엇이 죽어 있는지 우리는 파헤치지 않으면 모르니까. 아포칼립스는 이상한 희망을 준다. 세계는 끝나지 않는다. 다만 내가 시간의 끝에서 사라지겠지. 애들아, 죽지 마. 알 수 없는 비밀이 가득한 삶의 시간이 우리를 부유하게 만들 거야. 비밀이 우리를 부풀릴 거야.

나는 혼자 있고, 그 시간을 좋아한다. 나는 모든 것이 끝나기를 기다리고 충실하게 쓸 것이다. 애도의 언어를 복잡한 심경으로 펼쳐 보이겠지. 독자들이 나의 시 중 어떤 시를 가장 좋아하느냐고 묻는다면, 앞으로 쓸 시라고 대답할 수밖에 없는 이유이다. 살아갈수록, 죽음에 가까워질수록 비밀은 많아진다. 시를 쓰자. 깊은 숲에 가자. 깊고 깊어서 다시는 돌아 나올 수 없는 숲으로 가자. 생존과 소멸의 구분이 없어지는 아름다운 숲으로.

슬픔은 아름답지만
슬픔만 있으면
어린이가 된다

언제나 실패하는, 추락의 아름다움을 받아 안는

여성은 무엇으로도 변화할 수 있다. 여성은 애초부터 여성, 이라고 하는 일반적 명명에 의해 규정되었을 뿐이므로. 그 자신이 자신에게 어떤 이름을 붙여준 적이 없으므로, 무엇이든 될 수 있고 무엇이든 되지 않을 수 있다.

이러한 생각을 갖게 된 것은 나에게는 놀라운 사건. 어릴 적부터 금지의 명령어로부터 나는 규정되어 가고 있었으니까. '무엇을 하지 마라', '무엇을 하면 안 된다', '너는 여성이기 때문에 이것은 안 된다' 등과 같은 무시무시한 명령어들은 어린 시절 나의 공포감을 조성하는 문장들이었다.

어찌 보면 그러한 명확한(?) 문장들은 경계 없이 행동하면서 1차 혼돈 속에 빠진 나를 건져 올리는 것이었을지도 모른다. 그러나 형태를 갖지 못한 내 안의 무수한 욕망들은 왜? 왜? 왜? 물음표를 무차별적으로 난사하며 허공으로 흩어져 버렸다.

그러므로 나는 2차 혼돈에 빠지게 된다. 왜 나는 하고 싶은 것들보다 하지 말아야 할 것들로 규정되는가. 왜 나는 은밀한 욕망들에 의해 금기를 벗어나려는 탈주를 해야 하는 존재가 되었는가. 왜 나의 욕망은 은밀한 것들일 수밖에 없는가. 왜 은밀한 것들은 매혹적인가.

그렇게 나는 3차 혼돈에 빠지게 된다. 나는 왜 남성이 아닌 여성, 중심이 아닌 이탈, 남성이 가진 '나'의 개념 밖, 여성이 가진 '나 아닌 무엇'인 타자로 규정되는가. '남성이라는 나, 그러한 나 아닌 것'들로부터 내가 인식되는 것이라면 왜 '나'의 위치에 힘을 가진 모든 것이 모여 있는가. 나는 왜 태어날 때부터 타자인가. 나는 왜 형성되기 전부터 약자로 불리는가. 나는 그들의 '나'에 비해 무력한가?

나는 누구인가.

어른들로부터 말해진 여성이라는 나는 도무지 적응하기 어려운 나였다. 어른들이 만들어놓은 여성이라는 놀이터는 도무지 재미없기만 한 황무지였다. 그러나 그곳에서 노는 쪽이 화를 덜 불러일으킨다는 것을 몇 번의 경험을 통해 알고 있었고, 그렇게 나는 내 혼돈을 무기력하게 폐기시켜 버렸다. 어딘가에 있을 색다른 재미에 대한 갈구도. 적응되지 않는 여러 규정 때문에 소심했던 아이. 그러나 나는 늘 불만족스러웠다. 나는 내가 누구인지 잘 알지 못했지만 적어도 금지를 통해 규정된 나는 아닐 것이라는 의구심이 가득 찬 아이였다.

그때부터였을까. 나는 나라는 육체 외에 다른 것들을 덧붙이는 놀이에 심취하기 시작했다. 막연한 망상으로. 불, 괴물, 가방, 물, 연기, 계단, 웅덩이, 베개, 구름, 달, 창문, 박쥐, 날개, 우산, 약, 설탕, 칼, 악기, 태양, 신발, 저수지, 무덤, 정육점, 비, 엽서, DJ, 병실, 여름, 폭설, 굴뚝, 노파, 물고기, 해바라기, 인형, 욕조, 흡혈귀 등. 너무나 많은 가짓수들. 뒤죽박죽이며 형편없고 어리석고 어지럽고 무지막지한 망상들.

네가 가진 것 중 내가 갖고 싶은 것, 네가 가진 것 외에 버려진 것, 네가 가진 것 말고 아름다운 것들. 점점 더 폭발적으로 늘어나는 이 목록들을 끌어안고 나는 끙끙거리며 앓기 시작했다. 병이 찾아온 것이다. 나는 나를 알기 위해 나를 넘어서서 수많은 나들과 함께 썩어가기 시작한 것이다. 달콤한 악취와 함께. 이 황홀한 착란을 무엇이라 해야 하나. 너무 병적이어서 더 깊은 병 안으로 빨려 들어가는 쓸모없는 매혹들을.

모든 것은 나라고 규정될 수 있었다. 모든 것은 내가 아니라고 규정될 수 있었다. 그렇다면 나와 나는 꽉 차 있으면서도 비어 있는 이것저것이란 말인가? 이런 재미있는 일이 어디 있나. 삶의 목록들이 모이고 쌓이게 되면 부패하는 것인데. 냄새가 심하게 나는데.

그렇다면 다 버려도 되나. 쫙쫙 찢어서, 토막토막 내서 버려도 되나. 버리는 흥분을 가져도 되나. 버리게 되면 다시 채울 수 있는 건가. 무엇으로 채우고 싶은가. 채울 것은 있나.

이런 치명적 재미를 기록할 수는 없겠나. 사라지기 전에, 문장으로 적을 수 있겠나. 문장으로 적히면, 그다음 순간 지울 수 있겠나. 쓰이고 지우는 것, 그것이야말로 나, 아닌가.

그렇게 병이 깊어갈 때마다 나는 달콤해졌다. 병이 깊어지면 죽음에 대한 환상이 시작된다. 그야말로 환상이다. 죽음 이후의 세계는 만질 수가 없으므로, 지금까지 가져보지 못했던 새로운 물질이 도사리고 있으리라는 환상. 혹은 아무것도 존재하지 않으니까 아무것도 상상할 수 없으리라는 고통스러운 환상. 아무것도 없다면, 얼마나 아름다울까, 라는 환상. 새벽 잠 속으로 빠져들며 아침에는 눈을 뜨지 말자, 라고 다짐하는 달콤한 주문들은 나를 잠깐 동안 죽었다가 죽지 못하게 했다. 죽음이 수시로 찾아올 수 있다는 것을 예감하고 있었지만 진짜 죽지는 못했다. 겁이 나서. 죽지 마라, 라는 금지가 가장 강력하게 나를 휘감고 있었던 것이다.

나는 시가 쓰고 싶어졌다. 어느 밤이었을 것이다. 내 손을 버리고 싶은 날.

집 앞 쓰레기통에서 거지 같은 연애편지들을 태우면서. 내 손이 만들어낸 착각의 찌꺼기들을 태우면서. 나는 계속해서 많은 것들을 태우고 있었다. 관성에 기댄 것들, 어디선가 본 듯한 그저 그런 것들, 솔직하지도 진실하지도 않은 것들, 용감하지 않은 것들, 적당히 자연적이고 적당히 섹시하며 적당히 처연하고 적당히 신비롭고 적당히 천박하고 적당히 약하고 적당히 강하며 적당히 슬프고 적당히 아섭고 적당히 아프고 적당히 불편한…… 적당히, 적당히…… 그리고, 그리고…….

그렇게 내 손을 태우고 싶은 날. 나를 불태우고 싶은 날. 상
징적 죽음을 맞이한 날.* 내가 나를, 금지의 문장이 아닌 열
린 문장으로 들여다보기를 강력하게 요청하면서. 죽음이라고
하는 황홀에 사로잡히고, 또한 그것을 비겁하게 외면하는
나**를 들여다보기로. 병이고 환자이고 끔찍한 연인***인 나를
죽음의 공포와 매혹의 힘으로 다시 명명해 보기로. 이것 참,
제대로 된 놀이 아닌가. 이제 한번 신나게 놀아봐도 되는 것
아닌가.

그러나 그 모든 혐의로부터 나는 완벽하게 벗어나지 못하고
있다. 그것을 내 안에서 발견했다고 해서 기존의 관습을 뚫고
새로운 문장이 마구 터져 나오는 것은 아니다. 시를 읽고 쓰면
서 나는 수많은 관습과 싸우고 있는 중인 것이다. 관습은 힘이
세고, 관습 자체는 이미 중심이 되어 있다.
　　중심을 추락시키는 힘, 그 힘은 언제나 과정 중에 있다. 과
정의 모색이 쌓이면 어떤 목소리가 나오는데, 이 목소리는 안

* 　시는 죽음에 깊이 종속되어 있으며, 시는 죽음이 '가능할' 때에만 가능하다는 것,
　　시인이 직면하는 희생과 긴장 상태에 의해 죽음이 시인의 내면에서 힘이 되고 가
　　능성이 될 때야만, 즉 죽음이 하나의 행위, 지고의 행위일 때야만 시가 가능하다
　　는 것을 암시하고 있다(모리스 블랑쇼, 《문학의 공간》, 책세상, 2010).
** 　"내가 삶의 내밀성과 깊이 속에서 살아가기 시작한 그 순간부터 죽음이 있는 것
　　이다. […] 가장 내밀한 곳에서 나의 삶으로 살아가는 것이 죽음이다. 이렇게 죽
　　음은 '나'로 만들어진다"(위의 책).
*** 김혜순, 《여성이 글을 쓴다는 것은》, 문학동네, 2002.

착하는 순간 또다시 관습이 된다. 그렇다면 또 싸우면 된다. 시는 언제나 미결정의 상태이고, 과정 중이다. 열린 세계이다. 이 시는 그러한 과정 중에서 쓰였다. 과정은 예상치 못한 방향으로 흘러가기도 한다. 처음에는 이런 방향으로 가게 될 것이라고는 예상하지 못했고, 그러한 면에서는 실패작이다. 하지만 시가 성공한다는 말이 어울릴까? 대표작은 앞으로 쓰일 작품이다, 라는 말이 있듯이 그저 계속 쓰고, 다시 쓰고, 새롭게 쓸 뿐이다.

사물에 사물을 덧붙이는 놀이를 하는 즐거움이 나를 꼼짝 못하게 했다. 그러한 시적 몽상이 피어오르는 최적의 조건이 있는데, 그것은 기후의 힘을 빌리는 것이다. 그날 비가 미친 듯이 쏟아졌고, 아지트였던 카페에서 나는 먹고사는 일의 피곤함에 눈물이 날 지경이었다. (그 아지트는 지금 사라져 버렸다. 모든 추억은 기록되지 않으면 처참하게 사라진다. 그래서 기록되지 않는 추억이 더 아름답기도 하다. 이 시의 바깥이 더 아름다운 것이다.)

태어나면서부터 우린 저무는 사람들. 생일은 미리 말해주자. 젖은 바람 부는 계절에는 얼굴을 보고 이야기하자. 머리를 빡빡 민 사람이 오랫동안 편지를 쓴다. 몸을 보니 여자였구나. 상점 주인은 창밖의 간판을 세다가 저무는 사람. 단 한 명의 노파도 없는 비 오는 골목으로 음악을 흘려보낸다.

지느러미를 감추고 들어와야 해. 여자인 줄 알았는데 그림
자를 보니 물고기구나. 상점에는 푸른 비늘이 가득 찬다. 그녀
가 달력을 넘기는 동안 천장에서 물이 새고 있다. 노파를 보고
싶은 계절이야. 생일을 견디며 물고기들이 모서리에 지느러
미를 비빈다.

— 〈저무는 사람〉 부분, 《언니에게》

김행숙 시인은 시집 해설에서 이러한 추가의 연속 형식이
무한함을 환기시킨다고 발견해 주었다. 머리를 빡빡 민 사람,
여자, 물고기, 계단, 노파 등의 추가는 고정된 공간 안에서 존
재의 변환에 대한 상상이 나를 들뜨게 했던 시적 사건이었다.

사실 이러한 상상의 단초는 아지트의 주인이자 내게는 친
구인 그녀에게서 시작되었다. 그녀는 머리를 아주 짧게 자르
고 손님이 없는 카페에 앉아 하루 종일 편지를 쓰고 있었다.
이 편지는 아마도 부칠 수 없을 거야, 라는 말과 함께 그녀는
나의 피로한 얼굴을 쓰다듬어 주었다. 그리고 덧붙였다. "머리
를 밀고 나니 사람들이 앉아 있으면 남자인 줄 알아. 일어서면
몸을 보고 여자인 줄 알지." 나는 그 엄청난(?) 말을 대충 흘려
들으면서 테이블에 쿵쿵 이마를 찧고 있었다. 피곤함에 대한
나의 유일한 저항이랄까. 그녀는 나의 머리를 다시 한번 쓰다
듬고는 마침 들어오는 손님을 맞이하며 한마디를 더 했다. "지
금 손님, 물고기 같다. 인어 스타일의 치마를 입었어. 비가 많
이 오니까 빨리 걸으면 헤엄치는 것 같네."

나는 그 순간 고개를 들어 그녀를 보았다. 그녀는 희미하게 웃고 있었는데, 나보다 더한 삶의 피로감이 그녀를 가득 채우고 있었다. 다른 세계의 사람처럼 보였다고나 할까. 나는 수첩을 꺼내 순간을 기록했다. 그리고 나는 그것을 잊었다. 언제나 순간은 시 안에서 다시 만들어진다. 잡을 수 없는 순간은 그 상태로 만져지지 않는다. 순간의 진실은 시 안에서 진실을 더 내밀하게 드러내는 방식으로 나타날 것이다.

나는 새로운 명명에 대한 불확실함 때문에 밤을 지새웠다. 불확실함이 주는 무한한 가능성 때문에 떨려왔다. 무엇으로 부를까. 규정되지 않는 수많은 진실들에게 무엇으로 이름을 달아줘야 하나. 이 고통과 상처를, 이 외로움을 어떤 이름으로 잡아볼 것인가.

> 너는 아래쪽에 서 있다. 몸속이 어두워질 때마다 울음을 터트리는 이상한 반동. 축축하게 썩어 들어가는 안쪽을 언니라고 부르고 싶어. 너는 봉긋하게 솟은 버섯 같은 자신의 심장에 손잡이를 대고 안쪽을 열어 본다. 거꾸로 자라나는 버섯들이 잠에서 깨어 어머니의 머리를 뚝뚝 따 내고 있다. 네가 밖에서 안으로 들어가려 할 때, 바깥에 두고 온 손잡이를 어두워서 찾지 못할 때, 아무도 없는 안쪽이 버섯 모양으로 뒤집어질 때, 너는 성에 긴 202호 창문을 언니라고 부르기 시작한다.
>
> —〈언니에게〉 부분, 《언니에게》

중심은 무너지기 위해 존재하는 것인지도 모른다. 그 틈을 새로운 중심이 차지하기 위한 전투가 벌어지는 것, 우리가 암묵적으로 동의하는 싸움일지도 모른다. 그렇기 때문에 중심은 언제나 모든 것을 희생하며 중심만을 지킨다. 그것이 남성이라는 이야기가 아니다. 권력이 되어버린 질서에 대한 이야기에 가깝다.

"왜 여성의 언어는 주술의 언어인가, 왜 여성의 상상력은 부재, 죽음의 공간으로 탈주하는 궤적을 그리는가, 왜 여성의 시적 자아는 그렇게도 병적이라는 진단을 받는가, 왜 여성의 언술은 흘러가는 물처럼 그토록 체계적이지 못한가, 왜 여성의 시는 말의 관능성에 탐닉하는가……"라는 김혜순 시인의 물음이 오래전부터 우리를 뒤흔들어 왔다. 생각해 보면 시는 모든 중심을 이탈하며 무용한 것들의 아름다움을 노래하는 본질을 가지고 있지 않은가. 시 바깥의 중심을 허물고, 시 안의 중심을 허물고, 시 바깥으로 소멸해 가는 것…… 그것이 내가 이름 붙이고 싶은 나의 과정이 아닐까. 그러고 보니 모든 시는 여성적이다, 라는 말을 껴안게 된다. 시는 관습에 저항하는 것이다. 관습화된 것에 저항하는 모든 시는 여성적이다.

우리는 관습에 젖어 그 흐름에 기대어 가고 싶은 욕망이 있다. 편하기도 하고, 여러 가지 변화의 과정 속으로 침입하는 상징적 죽음을 떠올리지 않아도 되니까. 그것은 삶을 영원히 지속시킬 것 같은 착각을 준다. 그러나 삶의 중심에는 죽음이 있다. 죽음을 잊은 삶의 일방적인 질주는 우리를 진실로부터 소외시킨다. 삶이 영원할 것처럼 노래하는 자들에게는 가장 큰 아픔이 있는데, 그것은 죽음을 외면한다는 것. 사실 나도 그렇다. 자꾸 죽음을 잊는다. 잊고 싶다.

하지만 우주의 크기 안에서 "무엇보다도 오래 살지 못하는 우리 — 그렇게도 빨리 사라지는 인간인 우리가 해야 할 일은 무엇인가? 이 구원의 임무 속에 우리가 무엇을 제공할 수 있단 말인가? 그것은 바로 우리의 빠른 사라짐, 우리의 소멸능력이다. 우리의 연약함, 우리의 노쇠성, 죽음이라는 우리의 재능이다".*

계속해서 미끄러지는, 불멸을 욕망하지만 언제나 실패하는, 추락의 아름다움을 끝내 받아 안을 수밖에 없는 연약한 우리. 우리는 모두 여성시이다.

《현대시학》 2016년 2월호

---

* 모리스 블랑쇼, 앞의 책.

시 쓰기의 방법들

시의 언어

시는 언어로 되어 있는 것이지만, 언어 밖으로 끊임없이 탈주하려고 하는 아이러니적 특성을 지녔다. 일상에서 자주 쓰이는 언어의 틀 밖으로 벗어나려고 한다. 습관처럼 쓰이는 말들은 의사소통을 위해 형성된 관습을 고스란히 반영한다. 시는 그러한 언어의 특성으로는 표현될 수 없는 다른 세계를 지니고 있으므로 관성화된 언어를 벗어나서 본질에 가까운 언어를 찾아 헤맨다.

그러나 완벽한 언어는 만날 수가 없다. 시에서 완벽한 언어란 불가능하다. 시의 말들은 끊임없이 미끄러지는 언어의 운동에 있기 때문에 과정만이 존재한다. 끊임없는 퇴고의 과정을 생각해 보자. 초고가 부족한 것 같아 여러 번 퇴고한다고 해도 완벽한 시가 되는 것이 아니다. 놀라운 것은 오히려 시를 썼다 지웠다 하는 그 과정에서 탄생하는 언어의 도발과 움직임, 추락, 상승 등 규정할 수 없는 흐름을 만나게 되는 일이다.

시라고 불릴 수 있는 순간은 언어가 표현되자마자 다른 의미로 달아나 버리는 역동적 운동의 시점뿐일 것이다. 그러므로 일상의 질서에 충실하게 복무하는 언어는 발화되는 그것 이상을 보여주지 못한다. 본질로부터 점점 멀어질 수밖에 없다.

산문이야말로 일상의 질서를 충실하게 구현하면서 목적이 있는 의미를 확장시킨다. 일반적으로 산문은 쓰이는 목표와 가치가 정해져 있다. 그것을 차근차근, 계단을 올라가듯 최종 목적지를 향해 몰고 간다. 그리고 읽는 이에게 그 의미를 잘 설명하고 납득시킨다. 산문에서 이 설득의 과정은 굉장히 중요한 요소이다. 실용적 목적이든 문학적 목적이든 산문은 얼마나 목적에 부합하는 효과를 내는지가 글을 판단하는 기준에 포함될 수밖에 없다. 그러므로 산문의 작용은 미끄러지면서 새로운 의미로 툭 떨어지는 시의 운동과는 성격이 다르다.

시는 목적이 없다. 시에서 유일한 목적은 아름다움이다. 현실에서 쓸모가 없는 것이 시의 특성이다. 그리고 산문시는 호흡과 리듬이 좀더 긴, 좀더 다양한 문장들의 향연이다. 우리가 오해하고 있는 부분이 있는데, 문장 길이가 산문과 시, 산문시를 구분하는 전부가 아니다. 산문시는 시의 운동적 특성을 고스란히 가지고 가면서 미묘한 틈새를 색다른 방식으로 빽빽하게 채운다. 혹은 채우는 방식으로 비운다. 그렇게 이상하게 새로운 미끄러짐을 만들어낸다.

산문시의 문장

산문시는 생각보다 오래전부터 쓰였다. 근대 이후 우리가 알고 있는 유명한 시인 ― 백석, 이상 등도 산문시를 쓰곤 했다. 물론 최근 들어 폭발적으로 산문시가 차지하는 입지가 넓어진 측면이 있다. 그것은 시대가 점점 더 고도화되고 세밀한 고통들이 은밀하게 확장되었기 때문이 아닐까. 언어는 시대의 현상을 흡수하고 길이를 늘여서 그 틈새를 기록하려는 모습을 보이는 것이다. 언어는 더 풍성해지고 기록의 세부는 점점 더 늘어난다. 그렇게 형성된 세부적 이미지는 의미 발생 여부에 대한 판단을 필요로 하지 않는다.

산문시를 쓸 때 습관적으로 달라붙는 나이브한 문장들은 경계해야 한다. 꼭 필요한 요소만이 기록되어야 한다. 앞의 문장을 설명하는 동어반복이라든지 안 들어가도 되는 관습적인 표현을 그럴 듯한 문장으로 꾸미는 것 또한 경계해야 한다. 멋 부리느라(시에서 '멋'은 필요한 부분이지만) 아무렇게나 던져진 문장들은 산문시의 밀도를 떨어뜨린다. 게다가 시보다 산문에 가까운 특성을 더 많이 품게 된다. 한 문장을 삭제해 버리면 한 편의 작품이 기우뚱할 수밖에 없는, 꼭 필요한 문장만이 들어가야 한다. 다리 역할을 하는 작은 이미지일지라도 없으면 안 되는, 엄격함이 필요하다.

산문시의 세부로 드러낼 수 있는 부분을 숨기고 읽는 이로 하여금 추측하게 하면서 묘한 여백을 만들어내는 짧은 시들도 활발하게 쏟아지고 있다. 이러한 시들은 전통적인 시의 형태인 것 같지만 때로 산문시의 복잡함보다 더 큰 간극을 표현할 때가 있어서 독자들의 관성에 젖은 기대를 배반한다. 나는 그 여백 안에 산문시가 그려내고 싶어 하는 빽빽함들이 울고 있다고 생각한다. 길이나 형태가 산문과 시, 산문시를 구분하는 기준의 전부가 아니라는 것을 다시 한번 강조할 수밖에 없는 부분이다. 시의 형태나 길이는 시대의 고통의 폭과 진동에 의해 마음껏 변화할 수 있다.

또한 산문시라서 어렵고 산문시가 아니어서 소통 가능하다고 여기는 일차적인 독해를 반격하는 부분이기도 하다. 복잡한 구조나 발화의 지점들이 쉽게 읽히지 않는 것 때문에 시를 시가 아니라고 할 수는 없다. 손쉽게 읽히는 시도 있고, 읽히는 것을 계속 지연하면서 문장을 계속 만지게 하는 시도 있는 것이다. 쉽게 읽히는 것만을 시라고 부른다면, 시를 현실적 논리, 어떤 목적에 의해 재단하려고 하는 습관적인 오해 안으로 가두는 것일 수도 있다. 이해의 논리로 시를 억압하는 것은 아닌가 생각해 보게 된다. 어쨌든 다양한 산문시의 양상을 눈여겨보아도 좋을 듯하다. 세계는 점점 더 눈에 보이는 고통보다 보이지 않는 고통의 장들을 늘려가는 데 선수가 되어가고 있으니까.

시와 유행

시에도 유행이 있을까. 유행이라는 말보다는 동시대의 시인들끼리 발전적인 영향을 주고받는다는 말이 더 정확하겠다.

시는 혼자 쓰는 것이지만, 같이 쓰는 것이기도 하다. 내 안에서 시작해서 바깥을 향해 뻗어나가니까.

시를 쓰는 순간은 혼자 쓸 수밖에 없다. 그러나 시를 쓰기 직전, 시를 쓰고 난 직후부터는 바깥의 여러 존재들과 함께 움직인다. 나를 흔들어 깨우는 것들이 있어서 시를 쓰게 되고, 시를 쓰고 나면 또 다른 자극들이 시를 고치게 만든다.

시는 고정되는 순간, 죽는다. 이미 쓰인 작품도 읽는 사람과의 상호작용을 통해 또 다른 의미를 생성한다. 다른 사람들의 작품은 나에게 중요한 영감과 자극을 주기도 한다. 우연히 만나게 되기도 하고, 예상치 못한 곳에서 대립하기도 한다. 그것은 시를 쓰고만 있는 것이 아니고 많이 읽고 있기 때문이다. (또한 많이 읽어야 쓸 수 있다. 읽지 않고 쓴다는 것은 말이 안 된다.)

읽다 보면 영향 관계가 생길 수밖에 없다. 이러한 적극적인 독서는 현장에서만 이루어지는 것은 아니다. 지금까지 읽어 온 것들이 나만의 세계 안에서 재축적되기도 한다. 고전을 다시 읽을 때나 아주 새로운 장르의 글을 읽을 때면 글들이 머릿속에서 서로의 경계를 허물고 재편성된다. 그러한 복합적 읽기가 내 안에서 웅성거리며 새로운 자극을 만들어낸다.

또한 동시대를 살고 있기 때문에 당대의 고민들이 공유된다. 너무나 당연한 것 아닌가? 그런 것들이 서로에게 스며들고 빠져나가면서 각자의 작품을 더 단단하게 만든다. 물론 눈치채지 못하는 사이에 영향을 주고받을 수도 있다. 그것 또한 시가 흘러가고 있기 때문이다.

비슷한 느낌의 작품을 쓰는 시인들이 있다. 어떤 경향을 공유하는 것일 텐데, 그것은 자연스러운 일 중의 하나다. 그러한 일군의 시인들이 모여서 모임을 만들기도 하고 적극적인 문학 운동을 하기도 한다. 시의 한 흐름을 형성하는 데 일조하기도 한다.

물론 작품에는 비슷한 탄생 배경을 뛰어넘는 독특한 자리가 있어, 차이가 드러나야 한다. 그것이 없으면 따라 쓰기에 가깝다. 비슷한 방향성의 시인들 중 유난히 눈여겨보는 시인이 있다면, 분명한 미학적 차이가 있기 때문이다.

공유와 영향이 있고, 단독적 자리가 있어서 각자의 시는 각자 특별하게 탄생한다. 그리고 이런 별자리들이 모여서 큰 지도를 만든다. 그것이 유행이 될 수도 있을까? 유행이라면 다른 사람들이 추종해 줘야 하는데, 추종해서 따라 쓰는 시가 자신만의 시가 되기는 힘들다. 원본을 뛰어넘기도 힘들다.

결국 건강한 유행은 추종자가 추종하는 시를 뛰어넘어 새로운 지점을 찍고, 그 지점을 또 다른 추종자가 뛰어넘고 하면서 형성되는 흐름이라고 볼 수 있겠다. 창조적 작업이 연속되지 않는 추종은 단발성 유행에 그치고 말 것이다. 또 그 추종자들은 일종의 팬덤에 가깝지 않을까.

시의 정서와 감각

그렇다면 작품에 차별점을 주는 '분명한 미학적 차이'란 어디서 오는가? 감각이다. 모든 시인이 저마다의 감각으로 세계를 지각하기 때문이다. 이것은 인간과 세계의 소통이 일차적으로 감각을 통해 이루어진다는 것을 방증하는 것이기도 하다. 또 감각은 세상을 이해하는 도구이자 보이지 않는 세계를 여러 방식으로 구현하는 통로이기도 하다. 시인이 시를 통해 드러내고자 하는 진실의 모습 또한 그가 시에서 도모하는 감각 활동을 통해서 드러난다. 감각에는 주체가 가진 감수성이나 미적 태도, 경험으로부터 빚어진 인식 등의 지표가 담겨 있다. 또한 사소한 취향부터 인식의 깊은 부분까지 감각을 통해서 구현되기도 한다.

시에서 감각은 시의 몸체와 같다. 시를 쓸 때 나의 경우에는 몸의 감각으로 온다. 오감 중에 한 곳이라도 자극이 되면 그것이 정서를 유발한다. 시각, 청각, 후각, 촉각, 미각 등등은 시의 몸을 이루는 감각과도 상통한다.

무엇을 보는 것이 깊어지면 시가 스며든다. 듣는 것, 냄새를 맡는 것, 몸으로 느끼는 것, 혀끝의 전율 같은 것들이 깊어지면, 시적 감각이 내 안에서 시작된다. 보이지 않는 것들도 만질 수 있을 것 같다. 정서나 감정이 만져질 것 같다. 보이지 않는 것들이 몸을 얻게 되면 나의 몸에서 시작된 시가 세계의 몸을 얻어 다른 곳으로 흘러간다.

나는 기후에 영향을 많이 받는 편이다. 2차적으로 감각되는 놀라움 때문이다. 이를테면 바람 자체는 눈에 보이지 않고 다른 사물을 건드릴 때 그 존재감을 드러낸다. 나뭇가지가 흔들리면 바람이 부는구나, 라고 느낄 수 있다는 것은 거의 경이에 가깝다. 바람을 만질 수 있을 듯한 것이다.

비가 올 때도 마찬가지이다. 비 또한 시각적으로 감지되기는 하지만 다른 사물과 접촉할 때 비가 가진 다양함이 폭발한다. 빗소리, 비 냄새, 웅덩이에 고이는 모양, 비를 맞을 때의 서늘함, 비가 쏟아질 때의 굉음…… 등등.

이런 순간들은 폭발적으로 나에게 달려든다. 비가 오는 것, 새로운 종족의 탄생에 최적화된 환경이 내게는 '장마'이다. 장마철이 되면 나를 보호하고 있다고 믿었던(그러나 부실하고 불완전한) 공간 안으로 빗물이 스며든다. 내 몸은 그 공간과 함께 물이 꽉 차오르는 느낌. 그 순간 평소와는 다른 내가 움직이게 된다. 구부리고 잠들었던 나는 아침이 되자 등 쪽으로 물이 고이고, 알 수 없는 물의 무게 때문에 기형이 되어간다. 이러한 시적인 기분, 정서는 시를 쓰게 만드는 힘이 있다.

내 등에서 몇 세기 전의 울음이 잠자고 있는지도 모른다. 아침에 일어나면 욱신거리는 등이 1센티미터씩 오른쪽으로 흰다.

의자에 앉아 등뼈에서 흘러나오는 호흡을 듣는다.

천장에 일렁이는 물비늘을 본다. 몇 세기 전의 고통은 어떤 말로 타인에게 전달되었을까. 마당에 널린 흰 빨래들은 바람의 얼굴을 감싸 쥐고 흐느낀다.

— 〈장마〉 부분, 《언니에게》

시 안에서 감각이 발휘하는 능력은 무궁무진하다. 시인의 경험적 인식이 대상에 대한 감각을 통해 새로운 세계와의 조우를 가능케 한다. 그러한 의미에서 시적 방법으로서의 감각은 기본이자 상상력의 원천이라고 할 수 있다. 시인은 상상력으로 언어의 의미적 요소에서 추상성을 구상화하고 이론성을 직관화하여, 언어 표현의 심미적 가치를 만들어내는 데 매우 유용한 작업*을 하게 된다. 이때 감각은 상상력의 폭을 넓히는 역할을 하는데, 감각 작용을 통해 새로운 시적 언어의 가능성들이 계속 출현하기 때문이다. 이러한 가능성들이 감각을 통해 변용되고 그 변용으로부터 또 다른 감각이 발생하기도 하는 것이다.

시적 방법으로서 감각의 덧붙임

감각이 이미지의 발현과 변용을 통해 시적 의미를 넓혀가는 과정은 시를 직접 읽어보면 쉽게 이해할 수 있다. 한 편을 한

---

* 이문걸, 〈한국 현대시의 감각과 미적 거리에 관한 연구〉, 《시문학》 73호, 1999, 420쪽.

연씩 따라 읽으며 감각을 통한 이미지의 변화를 살펴보자(〈저무는 사람〉, 이 책 35쪽).

태어나면서부터 우린 저무는 사람들. 생일은 미리 말해주자. 젖은 바람 부는 계절에는 얼굴을 보고 이야기하자. 머리를 빡빡 민 사람이 오랫동안 편지를 쓴다. 몸을 보니 여자였구나. 상점 주인은 창밖의 간판을 세다가 저무는 사람. 단 한 명의 노파도 없는 비 오는 골목으로 음악을 흘려보낸다.

이 시에서 드러나는 감각은 신체 감각기관에 맞추어 변형되는 방식이라기보다 시적 주체의 정체성을 조금씩 변형시키는 데 특이성이 있다. 편지를 쓰고 있는 "머리를 빡빡 민 사람"이 처음에는 성별의 구분도 되어 있지 않고, 노소의 구분도 되어 있지 않은 상태. 그러나 편지를 쓰는 행위에 집중하고 있는 그 사람을 시각적 감각, 즉 화자의 시선으로 감지했을 때 "몸을 보니 여자였"다는 것을 알게 된다. 편지를 쓰는 이 '여성'은 누군가를 그리워하며 "창밖의 간판을 세다가 저무는 사람"인 상점 주인과도 겹쳐 읽을 수 있다. 편지를 쓰는 행위와 누군가를 기다리며 간판을 세는 행위는 그리움과 기다림이라고 하는 비슷한 정서를 내부에 숨기고 있으므로.

지느러미를 감추고 들어와야 해. 여자인 줄 알았는데 그림자를 보니 물고기구나. 상점에는 푸른 비늘이 가득 찬다.

그녀가 달력을 넘기는 동안 천장에서 물이 새고 있다. 노파를 보고 싶은 계절이야. 생일을 견디며 물고기들이 모서리에 지느러미를 비빈다.

2연부터 대상의 정체성은 감각의 덧붙임으로 인해 활성화된다. "여자인 줄 알았는데 그림자를 보니 물고기"였다는 인식은 그것을 보여준다. 일차적으로 머리칼이 없는 여성, 웅크리고 있는 여성의 신체가 덩어리진 그림자를 만들어내고 그림자의 물성이 물고기와 닮은 듯한 연상 작용 때문에 대상은 여성의 정체성 위에 물고기의 정체성을 덧붙이게 된다.

이때 앞의 감각을 지우면서 가는 것이 아니라 처음의 감각에 여성과 물고기를 덧붙임으로써 시적 공간인 상점을 변화시킨다. 비 오는 저녁 "푸른 비늘이 가득" 차고, "천장에서 물이 새고 있"는 상황은 감각의 덧붙임이 시적 공간을 또 다른 방식으로 재구성하는 데 구체성을 부여한다. 상점과 커다란 수족관이 동시에 환기가 되는 것이다. 또한 공간의 변화는 여자이자 물고기인 대상이 또 다른 것을 불러들일 가능성을 내포한다.

태어나면서부터 우린 비린내를 풍기는 물건들. 물고기인 줄 알았는데 장화를 벗고 보니 딱딱한 계단이구나. 그녀는 문밖의 발들을 바라보다 밤늦도록 저문다.

3연에 이르면 "물고기인 줄 알았는데 장화를 벗고 보니 딱딱한 계단"이 되어버린 상황은 물성이 가진 감각의 변화도 살펴볼 필요가 있다. 물고기가 되어 넓은 바다로 나아가는 진행이 아니라 공간의 고정성을 환기하는 계단이 덧붙여짐으로 인해 생물과 무생물의 결합이 이루어지는 지점이 생기는 것이다. 이것은 시적 공간이 한정되어 있다는 점에서 가능한 감각이다. 상점은 도시의 현실적 공간이다.

덧붙여진 감각들은 대상을 활성화하고 수족관의 이미지로 공간을 재구성하지만, 도시를 벗어나 끝을 알 수 없는 자연의 공간으로까지 넘어가지는 않는다. 반대로 도시적 공간을 강조하는 방향으로 감각이 모여들게 된다. 계단이 더해져서 도시적 공간이 가진 한계를 드러낸다. 또한 계단이 된다는 것은 (기다리는 대상이 도착하지 않는) 슬픔이 단단해지고 굳어져 버리는 감각들을 강조한다.

고무장화를 신자. 태풍이 오기 전에 생일을 미리 말하자. 바람이 젖은 달력을 찢는다. 계단 밑, 붉은 웅덩이 속에 머리를 빡빡 민 노파가 잠들어 있다.

누군가를 그리워하고 기다리는 정서는 그 대상이 찾아오지 않음으로써 완성된다. 영원히 채워지지 않는 것이다. 마지막 연에 이르러 "계단 밑, 붉은 웅덩이 속에 머리를 빡빡 민 노파가 잠들어 있"는 정황이 그 영원한 정서를 잘 드러낸다.

여자이자 물고기이자 계단인 이 대상은 '노파'라는 또 다른 층위의 이미지를 얻음으로 인해 채워지지 않는 정서의 모습을 적극적으로 환기한다. 죽음에 가까운 시간성을 드러내고 그 것이 영원히 채워지지 않는 그리움의 정서를 대변함으로써, 우리의 한 생이 알 수 없는 누군가를 기다리고 그리워하는 것 으로 채워지는 것은 아닌가 하는 인식을 불러오게 된다.

여기서 한 생이라고 말하는 데는 "태어나면서부터 우린 저 무는 사람들"이기 때문이다. 태어나는 순간부터 인간은 죽음 에 가까워지는 존재이고, 하루를 사는 것이 죽음에 하루치 가 까이 가는 것과 동일한 의미일 수 있기 때문이다.

그러므로 이 시에서 드러나는 감각의 덧붙임은 삶의 덧붙 임이자 죽음을 향해 가는 우리의 변화 가능성이라고도 볼 수 있지 않을까. 존재는 단순한 성별로만 설명되는 것이 아니며 인간-여자로만 설명되는 것도 아니며 물고기 같은 동물성을 포함하기도 한다는 것. 하지만 그리움과 결핍의 비극적 정서 로 인해 생물이 무생물로 변화하는 가능성도 포함한다는 것. 감각의 덧붙임이라는 시적 재미는 이렇게 시적 의미를 발생시 킨다.

시적 방법으로서 감각의 이동

앞서 한 감각에 다른 감각이 덧붙여지는 과정을 관찰했다면, 이번에는 한 감각이 다른 감각으로 이동하는 경로를 살펴보겠 다(〈언니에게〉, 이 책 40쪽).

한겨울, 화자는 추운 바깥에서 떨고 있다. 방 안은 비어 있고, 화자에게 열쇠가 없다. 화자는 밖에서 안으로 들어가는 방법을 모색하고 있다.

겨울밤에는 밖에서 안으로 들어가고 싶어. 밖에서 안으로, 아무도 없는 안으로 들어가려 할 때, 차가운 칼날 같은 손잡이를 떼 낸다. 손잡이가 있으면 한 번쯤 돌려 보고 배꼽을 눌러 보고 기하학적으로 시선을 바꿔 볼 수 있을 텐데.

추위에 떨면서 집 안의 세계를 그리워하는 과정에서 과거의 기억이 끼어든다. 과거의 어느 장면.

어머니가 방바닥에 늘어놓은 축축한 냄새들. 언니라고 부르고 싶은 버섯들이 있었는데, 잠에서 깨면 어머니는 버섯 머리를 과도로 똑똑 따고 있었다.

어머니는 버섯을 다듬고 있다. 화자는 어머니가 늘어놓은 버섯을 시각과 후각으로 동시에 감지한다. "어머니가 방바닥에 늘어놓은 냄새들." 이것은 버섯에서 풍겨 나오는 냄새인데, 이 냄새는 강렬하게 화자를 뒤흔든다. 그리고 이 냄새가 환기하는 부재의 영역을 "언니라고 부르고 싶은" 마음을 불러일으킨다.

하지만 이 감각도 좌절되고 마는데, 어머니가 버섯 머리를 과도로 따내고 있기 때문이다. 버섯으로 감지되는 언니들이 사라지고 마는 것이다. 그러나 화자는 후각으로 인해 발생된 결핍의 정서가 부재의 영역을 더 예민하게 감지하게 만들고 있음을 느낀다. 이로써 감각은 단순히 그리운 언니를 가리키는 것을 넘어 무의식에 잠들어 있던 부재의 대상을 나타내고 있다는 것을 알게 한다.

화자의 의식은 시적 공간을 장악하는 버섯 냄새를 통해 내부의 은밀한 부분, 비밀이 존재하는 부분으로 파고 들어간다. "축축하게 썩어 들어가는 안쪽"을 언니라고 부르고, "자신의 심장에 손잡이를 대고 안쪽을 열어 보"게 된다. 이 내부의 밑바닥, 깊은 근원에 숨겨진 부재의 영역을 엿보게 되는 것이다.

> 손잡이를 어디에 붙여야 할까. 너는 아래쪽에 서 있다. 몸속이 어두워질 때마다 울음을 터트리는 이상한 반동. 축축하게 썩어 들어가는 안쪽을 언니라고 부르고 싶어. 너는 봉긋하게 솟은 버섯 같은 자신의 심장에 손잡이를 대고 안쪽을 열어 본다.

화자의 시선이 깊은 안쪽으로 향하게 되자 버섯들의 향기가 더욱 강력한 환기를 불러오는데, 이 순간 감각의 이동은 순식간에 또 다른 것을 불러온다. 이 지점에서는 화자의 위치 변화도 눈여겨봐야 한다(밑줄). 화자는 과거의 정황에서 2인칭으로 등장한다. 현재의 화자가 과거의 화자를 바라보고 있기 때문이다. 하지만 시가 진전되면서 과거와 현재가 중첩되는 상황이 만들어지고, 과거의 '너'에서 끝나는 것이 아니라 현재의 '너'까지 동반하게 된다.

거꾸로 자라나는 버섯들이 잠에서 깨어 어머니의 머리를 똑똑 따 내고 있다. 네가 밖에서 안으로 들어가려 할 때, 바깥에 두고 온 손잡이를 어두워서 찾지 못할 때, 아무도 없는 안쪽이 버섯 모양으로 뒤집어질 때, 너는 성에 낀 202호 창문을 언니라고 부르기 시작한다.

냄새는 점점 더 강력해지고 버섯의 머리를 따냈던 어머니가 사라지는 반전이 벌어진다. 내부에서 "거꾸로 자라나는 버섯들이 잠에서 깨어"나는 전환이 일어난 것이다. 이것은 외부에 머물고 있던 화자에게 버섯 같은 언니와 어머니를 뛰어넘어 비밀이 담긴, 세계의 알 수 없는 근원이 들어 있는 내부로 들어가는 힘을 부여한다.

그 내부는 부재의 영역이다. 부재의 영역은 화자의 진입으로 인해 점점 더 넓어진다. "아무도 없는 안쪽이 버섯 모양으로 뒤집어"지는 감각과 함께 이 내부는 점점 더 새로워지고 있다.

외부에서 내부로, 화자의 역동적인 진입은 부재의 영역에 새로운 이름을 붙일 수 있는 힘을 얻는다. 버섯의 물질성에서 "성에 낀 202호 창문을 언니라고 부르기 시작"하게 되는 것이

다. 안과 밖이 뒤집어지는 버섯의 특성은 외부와 내부를 동시
에 통과시킬 수 있는 창문으로 변화한다. 이제 '언니'라는 이
름은 단순히 외부에서 내부로 이동하는 부재의 이름이 아니라
외부와 내부가 서로를 통과시킬 수 있는 열린 이름이 되었다.

버섯에서 창문이라는 무생물로의 이동을 가능케 한 '언니'
라는 코드는 역동적인 감각의 변화를 흩어지지 않도록 잡아주
고 시를 근본적인 방향으로 이끌고 있다고 봐도 되겠다.

새로운 감각, 새로운 시

이상 두 편의 시를 놓고 시에서 펼쳐지는 감각이 어떠한 시적
인식을 만들어내는지를 살펴보았다. 시에서 감각은 그 분류
에 맞게 진행되기도 하지만 사실은 여러 감각이 복합적으로
발생하는 경우가 더 많다. 그것을 공감각으로 부르기도 한다.

시에서 일어나는 감각의 변화는 한두 개의 감각이 발생하
는 경우와 달리 알 수 없는 쪽으로 전개되는 경우가 많다. 그러
나 시에 구현된 감각이 복잡하고 낯설기만 한 것은 아니다. 사
실 우리가 일상에서 느끼는 감각들은 이미 복잡하게 얽혀 있
다. 일상생활은 지각에 대한 끊임없는 폭격이나 마찬가지여
서 누구나 감각의 뒤섞임을 경험한다.* 시는 이런 복합적인
감각의 뒤섞임을 예민하게 감지하고 그것으로 인해 파생되는
새로운 감각을 적극적으로 끌어들인다. 또한 감각마다 일정

* 　다이앤 애커먼,《감각의 박물학》, 백영미 옮김, 작가정신, 2004, 424쪽.

한 양의 공감각이 내재되어 있다.* 이는 혼돈이 아니라 감각의 확장으로 봐야 한다.

시 안에서 일어나는 세계의 재구성 또한 신체의 새로운 감각들을 불러오면서 발생하는 시적 인식의 확장을 보여준다고 할 수 있다. 시가 적극적으로 감각의 변용들을 불러일으키고 그것을 활용하여 시적 인식의 지평을 넓힌다면 새로운 시는 언제든 가능하다.

시적 자아

자아는 이미지로 발견된다. 외부에서 형성된 것들, 나를 규정하는 것들을 넘어 '自我'라는 세계를 만나게 될 때, 이미지를 통하는 것이 가장 실감 난다. 나의 육체가 만져진다고 해서 그것만을 자아라고 할 수 없고, 나의 사유가 작동하고 있다고 해서 그것만을 자아라고 할 수 없다. 영혼은 과연 있는가, 라는 질문은 자아의 본질을 떠올리게 한다. 그만큼 자아는 파악하기 쉬우면서도 미궁에 빠지는 장場이다. 정서는 감각으로 인해 또 다른 정서를 촉발하기도 한다.

자아에 대한 탐색은 왜 일어날까. 이 세계에 내던져진 우리는 이 세계와 좀처럼 친해지기가 어렵기 때문이다. 별다른 의문 없이 주어진 시스템에 만족하며 살아가는 사람들은 시를 읽지 않아도 되고, 시를 쓸 필요도 없다. 시가 필요하지 않은

---

* 위의 책, 425쪽.

삶이란, 역설적으로 결핍이 없는 완전한 삶이다.

그러나 그런 삶을 가진 사람이 과연 얼마나 될까? 있기는 한 걸까. 많은 것을 가진 사람은 더 많이 가지고 싶고, 가진 것이 없는 사람들은 가지고 싶은 욕망을 다스리느라 멍든다. 종교에서 말하는 성인의 삶을 떠올릴 수도 있겠다. 그들은 가장 크고 가장 어려운 고통을 극복하는 과정이 있었다. 그 모든 과정을 이겨내고 해탈의 경지에 이른 사람들은 삶 너머의 세계를 향해 가는 거대한 여정에 있다.

그 모든 것에 시적인 것들이 껴 있다. 틈과 틈 사이에 울음들이 박혀 있다. 울음을 발견하는 사람들은 예민하고 따뜻한 사람들이다. 시적인 모든 것을 자신이 의식하지 못하는 사이에 껴안게 된다. 시는 그 순간에 감각화된다. 시적 자아가 세계와 자꾸 어긋날 때, 자아를 둘러싼 정황과 불화할 때, 지금과 다른 것들을 그리워하게 될 때 시적 정서는 우리를 적신다.

주어진 일을 열심히 하며 살아온 오십 대 엔지니어 선배가 한 말이 기억난다. "여태까지 살아오면서 가장 놀라운 일은 인생이 이토록 적응이 안 되는 것이라는 깨달음"이라는 말. 시를 읽지도 않고 쓰지도 않는 사람들이 있는 자리였는데, 모두가 고개를 끄덕였다. 어쩌면 시적인 것들이란 우리 모두에게 있는 가장 본질적인 것인지도 모른다. 다만, 그것을 발견하고자 하는 사람과 애써 외면하는 사람이 있는 건지도.

젖은 자리에서 자라는 말*

송현지(문학평론가)

영주 언니에게

무턱대고 '언니'라고 부르며 편지를 씁니다. 어느 자리에서 한 번밖에 만난 적 없는 당신께 괜히 친한 척을 하기 위해서도, 우리가 같은 성$_性$을 가지고 있음을 강조하고 싶기 때문도 아니에요. 하고 싶은 말들이 "창문을 열고 나가지 못하"(〈내 방에 사는 말〉, 《108번째 사내》)던 지붕 없는 방에서, 저는 당신의 시가 말해주던 제 안쪽을 오래 읽어왔어요. 당신이 '언니에게' 라는 제목으로 두 번째 시집을 발간했을 때부터 저는 앞으로 '언니'라는 말 외에는 당신을 달리 부를 수 없으리라는 것을 알았습니다. 일상에서 이 호칭은 서로 닮았지만 다른, 가까이

---

* 이 글에서 다루는 이영주의 시집은 다음과 같다. 《108번째 사내》(문학동네, 2005), 《언니에게》(민음사, 2010), 《차가운 사탕》(문학과지성사, 2014), 《어떤 사랑도 기록하지 말길》(문학과지성사, 2019), 《여름만 있는 계절에 네가 왔다》(아시아, 2020), 《그 여자 이름이 나하고 같아》(아침달, 2022), 《좋은 말만 하기 운동 본부》(현대문학, 2023). 이하 본문에서 인용 시 작품명과 시집명만을 표기한다.

있으면서도 동경하는 누군가를 가리키는 말이지만 저는 이 호
칭을 〈언니에게〉라는 한 편의 시에 온전히 기대어 쓰고 있어요.

겨울밤에는 밖에서 안으로 들어가고 싶어. 밖에서 안으
로, 아무도 없는 안으로 들어가려 할 때, 차가운 칼날 같은
손잡이를 떼 낸다. 손잡이가 있으면 한 번쯤 돌려 보고 배꼽
을 눌러 보고 기하학적으로 시선을 바꿔 볼 수 있을 텐데.
어머니가 방바닥에 늘어놓은 축축한 냄새들. 언니라고 부르
고 싶은 버섯들이 있었는데, 잠에서 깨면 어머니는 버섯 머
리를 과도로 똑똑 따고 있었다. 손잡이를 어디에 붙여야 할
까. 너는 아래쪽에 서 있다. 몸속이 어두워질 때마다 울음을
터트리는 이상한 반동. 축축하게 썩어 들어가는 안쪽을 언니
라고 부르고 싶어. 너는 봉긋하게 솟은 버섯 같은 자신의 심
장에 손잡이를 대고 안쪽을 열어 본다. 거꾸로 자라나는 버
섯들이 잠에서 깨어 어머니의 머리를 똑똑 따 내고 있다. 네
가 밖에서 안으로 들어가려 할 때, 바깥에 두고 온 손잡이를
어두워서 찾지 못할 때, 아무도 없는 안쪽이 버섯 모양으로
뒤집어질 때, 너는 성에 낀 202호 창문을 언니라고 부르기
시작한다.

— 〈언니에게〉 전문, 《언니에게》

당신은 "축축하게 썩어 들어가는 안쪽을 언니라고 부르고
싶"다고 썼지요. '언니'라는 호칭이 최근에는 새로운 문학적

기표로 주목받고 있지만* 제가 살펴 바에 따르면 이처럼 존재의 깊숙한 내부를 '언니'라고 명명하는 경우는 아직 보지 못했어요. 당신은 그 축축함이 오래도록 당신의 내부에 친밀하게 자리해 왔음을 이 말을 통해 드러내려 한 것일까요. 그런데 저는 그보다 '언니'가 존재를 안쪽으로 이끄는 자로 시에 등장한다는 점에 더욱 주목하고 싶습니다.

이를 설명하기 위해서는 먼저, "밖에서 안으로 들어가"지 못하게 "차가운 칼날 같은 손잡이를 뗴" 내는 존재에 대해 이야기할 필요가 있겠네요. 이 행위의 주어는 불분명하지만, 저는 이를 "언니라고 부르고 싶은" 버섯들의 머리를 뗴 내는 "어머니"의 행위와 자꾸 겹쳐 보게 됩니다. 버섯을 이 방에 들여놓은 장본인인 그녀는("어머니가 방바닥에 늘어놓은 축축한 냄새들"), 축축한 자리에서 자라는 버섯이 더 증식하지 않도록 머리를 뗴 내는 존재인데요. 손잡이를 뗴 내는 행위와 버섯 머리를 뗴 내는 행위의 유사성에 기댄다면, 버섯머리는 손잡이와 형태상 겹쳐 보이기도 합니다. '너'가 그 버섯머리를 손잡이로 삼아, 그것과 닮은 "버섯 같은 자신의 심장"에 대고 안으로 들어가는 장면을 저는 상상해 봅니다("너는 봉긋하게 솟은 버섯 같은 자신의 심장에 손잡이를 대고 안쪽을 열어 본다"). 두

* 최근 시에서 호출되는 '언니'를 검토한 양경언에 따르면, '언니'는 "사전적 의미의 성별 구분"이나 "생물학적 위계"를 넘어 "정서적 협동 및 유대"를 가능하게 하는 관계적 호명으로 재구성되고 있다(양경언, 〈우리, 살아 있는 언니들의 시〉, 《창작과비평》 2020년 겨울호).

버섯이 맞닿아 이어져 있는 모습을요.

그런데 언니는 '너'가 "밖에서 안으로 들어가려 할 때"만 도움을 주는 것은 아니지요. '너'가 안으로 들어갔다 바깥으로 나가지 못할 때("바깥에 두고 온 손잡이를 어두워서 찾지 못할 때"), 혹은 숨겨두고 싶은 안이 바깥으로 계속 돌출될 때("아무도 없는 안쪽이 버섯 모양으로 뒤집어질 때") 도움을 청하듯 바라보고 싶어지는 존재이기도 합니다. "성에"가 안과 밖의 온도가 서로 달라 발생하는 것이라면, '너'가 성에 낀 창문을 '언니'라고 부르기 시작하는 장면에서 저는, 저보다 앞서 안팎을 오갔을 '언니'를 떠올립니다. 어느 추운 겨울밤 무엇이라도 '언니'라고 부르며 붙들고 싶었을 '너'의 마음을 생각해 보면서도, 저는 자꾸 창문을 하나의 상징으로 읽게 되네요. 말하자면 '언니'란, 저와 같이 태생적으로 축축하여 "태어나면서부터 […] 비린내를 풍기는"(〈저무는 사람〉, 《언니에게》) 자이자, 저보다 조금 앞서 살아내어 그 안을 자꾸 들여다보게 만드는 불 켜진 창문과 같은 존재가 아닐까 하면서요. 그런 언니가 있다면, 우리의 머리를 떼 내는 "어머니의 머리를 똑똑 따"며 밤새 이야기 나눠 볼 수 있지 않을까 생각했어요.

어쩌면 저는 당신이 아닌, 당신의 시를 '언니'라고 부르고 싶었는지도 모르겠습니다. 저의 축축한 안쪽을 바깥과 가장 가까이 접속시킨 당신의 시에 저는 오래전부터 말을 건네고 싶었어요. 그때부터였을까요. 시인론을 쓰는 일은 답장을 쓰는 일이라는 생각이 들었던 것은요. 이십 년 가까이 당신의 시라는 편지를 받아왔지만 한 번도 답장을 보낸 적은 없어서 오늘은 조금 길게 적어 보내려고 해요. 그러나 오해하지는 말아 주세요. 저는 지금껏 누구의 시인론도 편지로 써본 적은 없습니다. 저보다 조금 앞서 당신에게 편지를 받았던 김행숙 시인이 예감했듯,* 당신의 시에는 답장을 쓰고 싶게 만드는 무언가 특별한 것이 있으니깐요.

축축한 고통

그 특별함을 이야기하기 위해서는 다시 〈언니에게〉로 돌아가야 합니다. "성에 낀 […] 창문"이 당신의 시처럼 여겨졌다는 점부터 말해볼까요. 앞서 말했듯 성에는 안과 밖의 온도 차이 때문에 생겨나지요. 따뜻한 내부의 습기와 차가운 외부의 공기가 맞닿는 경계에서 그것은 응결되어 맺히는 것이지요. 당신이 〈아버지의 작업〉(《108번째 사내》)과 같은 시에서 아버지를 두고 "오랫동안 썩어 있던 / 검은 못물이 모"여 "점점 척추가 휘어가"다 "거품을 게워내고 있"다고 차갑게 써 내려간 문장은, 축축함을 그대로 흘려보내기보다 단단히 응결시켜 붙들어 두려는 것처럼 보였습니다. 조금이라도 따뜻한 말이 덧붙는 순간 곧바로 녹아내려 젖게 될 것 같아 끝내 차가운 결을 유지하려는 듯 그 문장은 무척이나 위태로워 보였습니다. 당신의 시에 오랫동안 따라붙어 온 '그로테스크'라는 말 역시

---

* 김행숙 해설, 〈언니와 물고기와 계단의 시간〉, 《언니에게》, 102쪽.

그처럼 응결된 표면이 만들어낸 낯섦을 두고 한 말이 아니었을까요.

그런데 애초부터 당신은 왜 그 안쪽을 '축축함'이라는 감각으로 받아들이는 것일까요. 썩어 들어가고, 쉽게 바깥으로 드러낼 수 없다는 점에서 그것을 고통의 상태라 부를 수 있다면, 당신은 왜 고통을 '축축함'이라는 감각으로 인식하는 것일까요. "아침에 일어나면 등뼈에 축축하게 물이 차오"(〈장마〉, 《언니에게》)를 만큼 많이 울었기 때문일까요. "습지에 내던져"진 것처럼 "자꾸만 흐르는 물"에 대해 당신은 "우는 소리가 모여들어 썩어가는 냄새가"(〈순간과 영원〉, 《여름만 있는 계절에 네가 왔다》) 난다고도 적었지요. 그것이 눈물이든, 상처가 짓이겨지며 흘러나온 핏물이든, 이 축축함이 결국 고통의 다른 이름이라면 그것은 당신에게 고통이란 외부로 분출되는 사건이 아니라 몸 안으로 스며드는 상태로 경험되었음을 추정하게 합니다. 젖은 몸의 불편함은 당사자가 온전히 감내해야 하는 감각이니깐요. 한번 스며든 물은 쉽게 온몸으로 번져가고, 계속 어둠에 머무르기라도 한다면 마르지 않은 채 썩어가기도 합니다. 마르지 않은 옷감이 그렇듯 그 물의 무게로 몸과 마음은 바닥을 향해 가라앉기도 하고요. 당신에게 고통은 그처럼 혼자 견뎌야 하는 것, 오랫동안 이어져 왔던 친밀한 감각으로 보입니다.

가령, 다음과 같은 시를 읽어볼까요.

동굴 안에 주저앉아
물처럼 번져가고 있다

돌이 자라난다

마음이 추락하는 동안

공기를 닦고 있는 검은 손

아무리 문질러도
이곳은 밝아지지 않는다
한밤
밤의 한가운데

떠나간 사람은 떠나가는 것에 의미가 있다

흰 돌

아무리 닦아도
너의 눈 속이 보이질 않아
나는 일생을
그저 닦아낸다는 것

남겨진 사람은

남겨진다는 것에 의미가 있다

돌처럼 자라고 있다

—〈종유석〉 전문,《차가운 사탕들》

"동굴 안에 주저앉아 / 물처럼 번져가고 있다"는 문장에서 저는 잠시 멈춥니다. 주저앉아 있는 주체는 분명 화자일 테고, 물처럼 번져가는 것은 그를 잠식하는 어떤 감정일 텐데 당신은 종종 주어를 생략하여 그 감정이 주체를 뒤덮은 상태를 드러냅니다. 그것은 고통이나 슬픔과 같은 것이겠지요. 그런 고통이 온몸으로 번지는 동안 화자는 떠나가거나 남겨지는 행위 모두 "의미가 있다"고 스스로를 다독입니다. 그러나 그것은 현재를 견디기 위한 말일 뿐 어둡고 축축한 동굴 안에 머무르는 한, 아니 고통과 한 몸이 된 이상 괴로움에서 벗어나기란 쉽지 않습니다. 그런데 저는 이 물기가 변해 만들어진 것이 "종유석"이라는 점에 주목하게 됩니다. 흘러내리던 고통이 오랜 시간을 지나 만들어진 형상인 이것을 잘 들여다본다면 당신의 고통이 어떤 것인지, 무엇 때문에 발생한 것인지 비로소 가늠해볼 수 있지 않을까 하고요.

앞선 '성에'와 마찬가지로 그 속이 끝내 보이지 않는("아무리 닦아도 / 너의 눈 속이 보이질 않아") 이것은, 당신의 고통이란 끝내 닿을 수 없는 영역의 문제처럼 느껴지게 합니다. "아무리 문질러도” 밝아지지 않는 어둠처럼 “일생을 / 그저 닦아” 그 안을 들여다보게 한다는 점에서 이 고통은 살아 있는 한 해결되지 않는 것임을 암시하는 것은 아닐까 하고요. 그래서 “떠나간 사람”과 “남겨진 사람”을 이야기하는 대목은 이것이 단순한 이별의 문제가 아니라 반복되는 생사의 구조를 가리키는 것으로 여겨집니다. 우리는 “이유 없이 태어나고 / 이유 없이 살아”가다 죽게 되지요. 이 강제된 구조를 살아 있는 동안 끝내 이해할 수 없어서, “뿌리가 박혀 / 홀로 움직일 수 없는” 막막함을 느낄 때면 “길거리에서 갑자기 울게” 되기도 합니다. 이런 괴로움은 사실 시간의 흐름을 자각하는 순간마다 되살아나는 것이기에 다른 사람의 눈에는 과도하거나 이해하기 어려워 일종의 ‘병’처럼 보일지도 모릅니다. 저 역시 이런 병을 가지고 있지만, 좀처럼 이 “병에 익숙해지지 않”(〈식물 일기〉,《좋은 말만 하기 운동 본부》)네요. 그렇다면 당신이 축축함을 고통의 감각으로 받아들이는 것은, 우리가 한때 “양수에서 헤엄치는 태아”(〈장마〉,《108번째 사내》)였기 때문은 아닐까요. 다시 말해 태어남 자체가 고통이기 때문은 아닐까요.

이 고통을 잠시라도 덜어볼 수 있을까 하여 이제 저는 당신의 시를, 그 방법을 찾기 위해 읽어봅니다. 그러나 저는 오히려 더 깊은 어둠과 맞닥뜨렸습니다.

나무는 갈 곳이 없었다. 내부에서 몸통을 울음으로 다 채우지 못한 채였다. 폭염 아래 검은 개가 뿌리 쪽으로 오줌을 누었다. 나는 어딘가로 달려가고 있었지만 그곳이 어디인지 몰랐다. 아파트 베란다에서 소년이 바닥으로 떨어졌다. 또다시 새로운 가족이 생길까. 눈물도 마르지 않은 죽은 사람들이 나무에 매달렸다. 울 수 있는 무언가 어디에 있는 줄도 모른 채 나는 한순간 붉은 여름이 되었다. 잎사귀가 두껍게 자라났다.

—〈가로수〉 전문,《여름만 있는 계절에 네가 왔다》

이 시에서 당신은 길가에 뿌리를 내린 "가로수"와 '나'를 겹쳐놓습니다. 세계에 매인 채 모욕당하기도 하고("검은 개가 뿌리 쪽으로 오줌을 누었다"), 다른 이의 죽음과 슬픔의 무게를 감당하기도 한다는 점에서("눈물도 마르지 않은 죽은 사람들이 나무에 매달렸다") 그들은 닮아 있지요. 눈여겨볼 점은 그들이 자신이 어디로 가고 있는지, 무엇이 이토록 고통스러운지 알지 못하는 사이 "붉은 여름"이 오고, "잎사귀가 두껍게 자라"난다는 사실입니다. 고통을 이해하지 못하는 동안에도 계절은 바뀌고, 몸은 앞서 자라나 버립니다. 그들처럼 저 역시 삶의 어느 시기에 그렇게 어리둥절한 얼굴로 주위를, 그리고 제 몸을 돌아보게 되겠지요. 저보다 앞서 그 축축한 고통을 견디고 있던 당신을 호기롭게 '언니'라고 부르며 따라가는 일의 결말은 이처럼 고통을 덜어내는 것이 아니라 결국 같은 조건을 받아들이는 일에 가까운 것일까요. 우리가 나눌 수 있는 것이 있다면, 슬픔을 없애는 힘이 아니라 끝내 어쩔 수 없는 일들이 있음을 함께 확인하며 썩어가는 일뿐일까요.

번지는 안쪽

그러고 보면 모두가 물에 함께 젖었던 2014년 이후 물이 슬픔과 상실의 공통 언어가 되었을 때, 당신 역시 비슷한 의문을 품었던 듯합니다.

내가 아는 밑바닥이 있다. 물이 가득하지. 나는 한 번씩 떨어진다. 물에 젖어 못 쓰게 되는 노트. 집에는 빈 노트가 너무 많다. 버릴 수가 없네. 밑바닥이 들어 있다. 자꾸만 가라앉지. 어디도 내 집은 아니지만. 첨벙거리며 잔다. 베개가 둥둥 떠내려간다. 괜찮아. 어차피 바닥이라 다시 돌아와. 그가 이마를 쓰다듬어준다. 그는 손이 없고 나는 머리가 없지만 침대는 둘이 누우면 꽉 찬다. 투명해질수록 무거워지는 침대. 빈 노트. 빽빽하게 무엇이든 쓰자. 아무에게도 보여주지 않는다. 무너지는 창문 밑에서 나는 썼다. 늘 물에 젖었다. 알아볼 수 없어서 너무 행복하구나, 혼자 중얼거렸다. 한 번씩 떨어져서 내부로 들어가본다. 여럿이 함께 잠들면 더 고요하고 적막해서 무서웠지. 그 사이로 물결 소리가 난다. 죽은 그가 아직도 책상에 엎드려 있다. 너는 모든 것을 쓰기로 했어. 나에게 보낸 편지처럼. 모든 것을 낱낱이 쓰기로 했지. 하지만 아무리 써도 채워지지 않는 물속. 아무리 쌓아도 그것은 언제나 사라진다. 한심한 놈. 죽은 그가 중얼거리며 나를 본다. 물이 뚝뚝 떨어진다. 떠날 수가 없구나. 나는 너의 신발을 썼다. 무거워서 다시 신을 수가 없는데, 나는 자꾸만 신발장에서 쓴다. 한 번씩 들어오는 내부라니. 비밀은 제대로 씌어지는 법이 없지. 쓸 수 없어서 조금씩 마모되는 것. 죽은 그가 나를 통과해 걸어간다. 부식되어가는 발로 걸어간다. 아무것도 쓰지 못해서 너는 이곳에 도달할 수가 없어. 진창에서 잠만 자는 너는. 그의 목소리가 멀어진다. 나는 그의 신발을 신고 있다. 둥둥 떠내려간다. 밑바닥에는 모든 것이 돌아올 텐데.

—〈여름에는〉 전문, 《어떤 사랑도 기록하지 말기를》

물이 가득한 세계를 그리며 당신은, 물속의 "모든 것을 낱낱이 쓰기로" 결심하더라도 이미 노트가 젖은 뒤라 쓰기가 어렵고 "아무리 써도 채워지지 않"는다고 적습니다. 이 무력감은 "부식되어가"는 이를 바라보며 "진창에서 잠만 자"게 만들기도 하지요. 함께 젖어 있는 일은 서로의 고통을 덜어주는 것이 아니라 같은 속도로 그에 잠식되어 가는 일에 더 가까워 보입니다("여럿이 함께 잠들면 더 고요하고 적막해서 무서웠지"). 이미 젖은 이들끼리 모이면 물이 번지듯 고통도 더 깊이 스며드는 것일까요. 서로를 "사랑하면서 훼손하면서 연민하면서"(〈광인 마그네틱〉, 《좋은 말만 하기 운동 본부》)요. 그러고 보니 당신은 유독 가까운 관계를 이야기할 때 이 '번짐'의 감각

을 반복해 사용해 왔지요. 불이 옮겨붙듯, 물이 스며들듯, 서
로의 고통이 옮아가는 과정을요.

우리는 불타는 창고에 있었다

이것은 이미지가 아니다

현실은 합선이고
우리의 뒤통수는 전선으로 연결되어 있다

누군가 덜 마른 합판을 우리 사이에 끼워두었다면
불길이 솟아오르다 겉만 태웠을 텐데

우리는 햇빛 아래서 온몸을 건조시켜 뼈를 드러내는 종족
일하는 종족이다
수분이 부족하지

이것은 은유가 아니고

한동안 창고 안에서 고기처럼 역한 냄새를 풍기며
비틀리다 뒹굴고 기어가다 재가 되고

죽음이란 붉은 빛 속의 혀

물을 마시고 싶었는데

우리는 태양 아래서 온 뼈를 태워
물건을 쌓는 종족
싱싱한 피부가 부족하지

서로 엉키어서 죽었지만
함께 죽는다는 것은 무엇일까
고독은 각각의 죽음 안에

서로가 서로를 뒤덮는 합판이 되어
타오르는 계단이 되어

—〈무늬목〉 전문, 《그 여자 이름이 나하고 같아》

물과 불은 서로 다른 물성이지만, 불 역시 서로의 안쪽으로
번져간다는 점에서 또 다른 형태의 축축한 전염으로 읽힙니
다. "우리는 서로를 불태우며 물속으로 밀어 넣었다"(〈십대〉,
《어떤 사랑도 기록하지 말기를》)는 당신의 문장이 문득 떠오르
네요. 서로의 고통을 나누는 일은 그 고통을 "불쏘시개"(〈불쏘
시개〉, 《그 여자 이름이 나하고 같아》)로 삼아 서로 엉켜 있다 결
국 서로를 소진하게 되는 일("비틀리다 뒹굴고 기어가다 재가 되
고")은 아닐까요. 고통을 내밀하게 드러내는 시는 읽는 이를

불에 덴 듯 아프게 만드는 것인지도 모르겠어요. 당신이 〈스승과 제자〉(《좋은 말만 하기 운동 본부》)에서 썼듯 아무리 시인 혼자 "벽난로 안으로 들어"가 고통을 "다 태우고" 자신까지 태워버린다 해도, 그 불구덩이에서 "써서 건네준" 시를 읽는 일은 결국 읽는 이의 내면에 다시 불을 지피고 "화상으로 인한 상처"를 남기니깐요.

그렇다면 시 읽기를 자처하는 일은 스스로 상처받기를 자처하는 일이라 말해도 좋겠어요. 당신을 태운 불에 엉켜 나도 타고, 당신을 적신 물에 함께 젖는 일이니깐요. 그런 점에서 우리는 세상이 이해하지 못하는 '광인'인지 몰라요. 우리는 왜 그토록 서로의 안쪽으로 깊이 들어가고 싶은 것일까요. 그 안쪽이 결국 우리 각자의 안으로 이어지는 길이기 때문일까요. "이런 병에는 완치가 없"다고 당신이 적어둔 대로, 저는 "감염"(〈아랍 친구〉, 《그 여자 이름이 나하고 같아》)된 사람처럼 당신의 시가 낱낱이 파헤치는 그 어둠과 고통을 힘겹게 읽었습니다. "망가지면서 사랑하는 것"을 "우리의 언어"(〈문예창작〉, 《좋은 말만 하기 운동 본부》)라 여겨보면서요.

그러나 고백하자면, 〈여름에는〉에서 당신이 썼듯 물에 흠뻑 젖은 노트 위에 저는 오랫동안 아무것도 쓰지 못했습니다. 쓴다 해도 어떤 흔적이 남지 않을 것 같아 힘이 빠졌고, 고통 속을 헤매다 보니 그것은 점점 더 거대해져 어떤 문장도 충분하지 않아 보였습니다. 점차 "손은 투명"(〈우유 급식〉, 《어떤 사랑도 기록하지 말기를》)해지고 "아무리 생각해도 슬퍼지는

일들밖에 떠오르질 않”(〈소년의 기후〉, 《어떤 사랑도 기록하지
말기를》)아서 결국 아무것도 쓸 수 없겠다는 생각에 이르렀어
요. 증식되는 고통에 이렇게 떠밀리기만 한다면, 결국 쓰고 읽
는 일은 고통을 확인하는 데 그치는 것이 아닐지 또다시 회의
하면서요.

　물론, 당신의 시가 “쓸 수 있는 것들과 쓸 수 없는 것들의
사투가 새겨진 흔적과 얼룩의 집합체”*라는 오연경 평론가
의 문장을 읽으며 한동안 그 사투 자체에 의미를 두기도 했습
니다. 그러나 끝내 제가 궁금했던 것은 그 이후의 것이었어요.
이 쓰기가 결국 어디까지 나아가는지 알고 싶었거든요. 그래
서 당신의 시를 다시 펼쳐봤습니다. “무거워서 다시 신을 수가
없”다면서도 밑바닥을 향해 내려가려 누군가의 신발을 쓰고,
글도 쓰려는 이를 보기 위해서요. 당장은 물속에서 “둥둥 떠내
려”갈 뿐이지만 그 무게를 견디며 아래로, 더 아래로 내려간다
면 멀어진 누군가의 목소리가 돌아올 것이라 믿는 그 자세를
저는 붙잡아 봅니다. 그러자 〈무늬목〉에서 흘려 읽었던 “서로
가 서로를 뒤덮는 합판이 되어 / 타오르는 계단이 되어”라는
마지막 문장이 이제는 눈에 들어옵니다. 언젠가 계단은 “홀로
떠오를 수 없”으며, “죽은 고양이를 밟고”(〈음악의 내부〉, 《언
니에게》) 서야 한다고 당신이 적었던 문장도 함께요. 죽음과

* 　오연경, 〈망가진 세계, 망가진 마음, 망가진 쓰기〉, 《문학과 사회》 2020년 봄호,
　281쪽.

고통을 누군가와 함께 겪은 시간은 결국 쓰기의 방향을 바꾸게 하는 시간이 아니었을까요. 저보다 앞서 물속에서 쓰고 있던 당신이 어떻게 그 시간을 건너기로 했는지를 보고 배우기 위해 저는 잠시 기다렸어요.

수취인 변경
얼마 지나지 않아《좋은 말만 하기 운동 본부》가 나왔을 때, 당신은 시집의 첫 장에서 그 방법을 '언니'로서 알려주었지요.

성산중학교 담벼락에는 그 이름이 새겨져 있다
폭우가 쏟아지던 날 내가 물로 새긴 것이다

술 취한 광인들이 서로를 붙잡고
담벼락 안으로 사라질 때도
그것은 지워지지 않았지

물로 쓰면 그렇지
아무것도 지워지지 않고 남지 않지

새벽에는
광인들이 떠내려가는 물속으로 들어가
젖은 날개를 깊게 담갔다

물속에서 잠들면 그런 것이다
한번 젖은 것은 더 이상 젖지 않게 된다

성산중학교 담벼락에서
나는 내 물속 시간을 새겼다
폭우가 오지 않아도 울 수 있도록
—〈물속〉 전문, 《좋은 말만 하기 운동 본부》

물 위에 물로 새기는 것. 처음에는 이 말이 조금 모호하게 들렸어요. 아무것도 남지 않는 쓰기란, 썼다는 사실을 쓴 자만 알 뿐인 쓰기란 어떤 의미가 있는가 하고요. 그러나 "폭우가 쏟아지던 날", 그 많은 물에 휩쓸리지 않고 누군가의 이름을 물로 썼다면, 쓴 자신이 자신이 썼다는 것을 안다는 것이, 그리고 그 순간이 쓰기를 통해 다른 시간이 되었다는 점이 오히려 가장 중요하지 않을까요. 당신은 시의 마지막 연에서 그 행위를 "내 물속 시간을 새겼다"라고 바꿔 적기도 합니다. 되돌아보니 '나'에게 이제 중요하게 여겨지는 것은 고통의 사건 자체라기보다 그것을 견뎌낸 시간임을 강조하려는 듯 말이지요. "붉은 피가 번져 있"던 "성산중학교 담벼락"(〈소녀는 던진다〉, 《언니에게》)을 기억하던 소녀는, 이제 쓰기의 중심을 고통의 사건에서 그 시간을 겪어낸 '나'에게로 미세하게 옮겨두려는 것처럼 보입니다. 고통을 붙드는 대신, 고통을 지나온 시간을 새기는 방식으로요.

물론, "폭우가 오지 않아도 울 수 있도록" 하겠다는 이어지는 구절에서 이는 충분히 젖었으니 더 이상 새로운 폭우를 기다리지 않아도 된다는 뜻으로, 그러니까 고통이 포화된 상태임을 드러내는 것으로 읽히기도 합니다. 그러나 저는 이를 고통이 더는 외부의 힘에 예속되지 않는 순간으로 받아들였습니다. '나'는 고통을 겪은 당사자이면서, 동시에 그 시간을 기억하는 자가 되어 한 걸음 물러선 자리에서 그 시간을 다시 바라보고 있기 때문입니다. 이미 충분히 젖은 '나'는 고통에 완전히 휘둘리지 않음으로써 고통과 '나' 사이에 아주 미세한 틈을 만들어냅니다. 그 틈에서 고통은 약간 비틀려 말해질 수 있게 됩니다. 당신의 유머는 그 틈에서 시작됩니다.

자신의 원고를 모두 불태우려다 비명횡사한 유령은 죽은 이후 처참해졌습니다. 모든 것이 파헤쳐졌죠. 무덤 위에 없는 턱을 괴고 앉아서 옆 무덤 유령과 한탄을 합니다. 죽음에도 실패가 있다면 바로 나야. 버린 원고까지 학술지에 실리다니, 살아 있으면 죽고 싶었을 거야. 유령이 없는 배를 잡고 웃습니다. 무슨 상관이야. 알게 뭐냐. 살아남은 자들만 가짜 신화를 만들며 고통받는 것이지. 유령들은 구분하지 않습니다. 살았을 때는 조용하게 지냈어요. 모든 것이 두려웠죠. 이제는 듣는 귀가 없습니다. 입 없이 말을 합니다. 자기 무덤이 있으니 부르주아 유령들은 쉴 수도 있고요. 버린 원고가 소멸하지 않았으니 후회도 합니다. 한 사람이 무거운 종이 상자를 짊어지고 묘지에 왔습니다. 소각장에서 불을 지릅니다. 돌로 된 무덤은 타지 않습니다. 언제나 추위에 시달리는 유령들은 뜨거운 온도를 좋아하죠. 불 속에서 나오지 않습니다. 좋은 말만 남겨. 그게 좋아. 자기 무덤 자리를 고르는 한 사람에게 유령들은 말을 겁니다. 시는 없어도 돼. 좋은 말이 좋아.

〈좋은 말만 하기 운동 본부〉 전문,《좋은 말만 하기 운동 본부》

생전에 시를 쓰던 유령들이 한데 모여 있는 이 시를 볼까요. 그들은 "죽음에도 실패가 있다면" 자신이 그 실패자라고 입을 모읍니다. "자신의 원고를 모두 불태우"려다 죽음에 이르기까지 했지만 "버린 원고까지 학술지에 실"려 있는 상황은 "살아 있으면 죽고 싶었을" 일이라고 그들은 웃습니다. "살았을 때는 조용하게 지"냈던 이들이 턱도, 귀도, 입도, 배도 없는 지금에서야 떠들고 있는 모습, 그리 오래 시를 써왔으면서도 살아 있는 누군가가 원고를 불태우자 그 "뜨거운 온도"가 좋아 불 속에 머무는 장면은 기이하면서도 어딘가 쓸쓸한 웃음을 자아냅니다. 언젠가 "무거운 종이 상자"를 짊어지고 저 묘지로 향할 제 모습을 떠올리면 아직은 그들처럼 "배를 잡고 웃"을 수는 없지만요.

"시는 없어도" 된다는 유령의 말을 통해 당신은 가장 비극적인 상황 속에서도 그 상황이 당신을 완전히 장악하고 있지 않음을 보여줍니다. 여러 작품에서 보여주었던 시와 '쓰는 행위'에 대한 당신의 믿음을 떠올려 보면, 이러한 자학적 유머는 절망에게 당신을 파괴할 권리를 끝끝내 넘겨주지 않겠다는 몸부림처럼 보입니다. 고통의 시간을 오래 겪은 이상 더는 그 것에 예속되지만은 않겠다는 태도처럼요. 현실의 문제를 지우지도, 뚜렷한 기록을 남기지도 않는 유머는 고통의 시간을 밟고 선 자만이 취할 수 있는 방법에 가깝습니다. 당신은 고통이 당신을 전부 차지하지 못하도록 만드는 하나의 방법을 찾아냈네요.

시가 필요하다고 믿는 이가 점점 줄어드는 세상에서 당신의 유머는 "유령"들 사이에서만 통하는 말일지도 모르겠습니다. 기실 시를 쓰고 읽는 이들은 이미 이곳에서는 죽은 자와 다름 없으니깐요. 저는 비로소 제가 '유령'이라는 사실을 알게 되네요. 그러자 깔깔 소리 내며 웃게도 되네요. 그것은 제 고통이 가벼워졌기 때문이 아니라, 더 이상 새로 젖을 자리가 남아 있지 않게 되었기 때문이겠지요. "죽은 자들은 원래 끝이 없으니까. 끝도 없이 우리의 마음을 열고 서로를 꺼내"(〈여름에 온 마트료시카〉, 《그 여자 이름이 나하고 같아》)며 당신과 함께 고통을 나누어온 시간 덕분에 저 역시 고통을 지나온 시간을 새기는 쪽으로 어느새 옮겨 와 있네요. 이제 저는 더 이상 젖은 채로 썩어가지 않네요. 이 편지를 쓰고 있는 것을 보면요.

축축한 자리에서 버섯이 자라듯, 당신의 시를 읽으며 보이지 않는 곳에서 엉키고 번지던 고통은 이렇게 글자가 됩니다. 결국 저는 이 글을 통해 당신의 축축함이 저를 쓰는 사람으로 자라게 했음을 고백하고 있는 셈입니다. 그것이 당신이 보내준 편지의 특별함이라고요.

누군가 우연히 제 문장을 읽는다면 보이지 않는 곳에서 또 다른 연결이 시작되겠지요. 우리의 젖은 안쪽은 그렇게 다시 증식해 갈 것입니다. 아무리 닦아도 물이 다시 스며 나와 썩는 냄새가 진동하더라도 그 안쪽의 냄새를 맡는 일을 자처하는 이들에 의해서요. 그렇다면 이제 저는 이 편지의 수취인을 바꿔두어야겠습니다. 이름은 모르지만, 온통 젖은 채 지붕 없는 방에 머물고 있는 이들을 향해서요.

온몸으로 슬픔을 시작하는 용기

지훈문학상은 문학과 인생의 일치를 바탕으로 멋과 지조를 지켜온 조지훈 시인을 기리는 상으로, 등단한 지 10년 이상이 된 시인 중 최근까지 활발하게 창작 활동을 지속하고 있는 시인들을 심사 대상으로 한다. 특정 시기의 시집이 아니라 시인 자체를 조명하는 지훈문학상의 취지는 한 작가가 개척해 온 문학의 영토와 그 궤적을 시대와 조응하는 입체적 관점에서 폭넓게 평가한다는 데 있다.

심사위원들은 이러한 지훈문학상의 무게와 의의를 감당하고자 지난겨울 심사숙고의 시간을 보냈다. 각자 추천한 시인 목록을 가지고 만난 첫 회의에서 심사 기준과 방향성을 논의한 후 여섯 명의 후보 시인을 심사 대상으로 정하였다. 문성해, 유희경, 이영주, 이제니, 장이지, 황성희 시인을 지훈상의 권위와 품격에 값하는 후보로 추천하는 데 이의가 없었다. 후보 시인들의 최근 발표작까지 충분히 검토한 후 모인 두 번째 회의에서 '고유한 시의 영토를 구축하고 있는가', '세계와 부딪

치며 치열하게 작품을 갱신해 왔는가', '쓰는 사람으로서 미학적, 실천적 태도를 견지해 왔는가'를 놓고 숙고와 토론 끝에 심사위원들은 이영주 시인을 지훈문학상 수상자로 결정하는 데 동의하였다.

이영주 시인은 1974년 서울에서 태어나 2000년 〈문학동네〉로 등단했다. 올해로 등단한 지 26년이 된 시인은 그동안 《108번째 사내》, 《언니에게》, 《차가운 사탕들》, 《어떤 사랑도 기록하지 말기를》, 《여름만 있는 계절에 네가 왔다》, 《그 여자 이름이 나하고 같아》, 《좋은 말만 하기 운동 본부》 등 일곱 권의 시집과 산문집 《여성이라는 예술》(공저), 《우리는 서로에게 아름답고 잔인하지》(공저)를 펴냈으며, 2022년 영문 번역 시 선집 《Cold Candies》로 미국 루시엔 스트릭 번역상을 수상하였다.

이영주의 초기시는 2000년대 초 미래파 담론 속에서 어두운 내면의 상처와 고통을 그로테스크한 신체성으로 형상화한 실험적 언어로 주목받았다. 다양한 종류의 동물 및 사물과 결합된 신체의 기이한 형상은 고통을 감각화하는 고유한 시적 상징으로 작동하며 삶과 죽음의 처절한 실존 및 억압적인 현실의 부조리를 그려냈다. 세계가 짓누른 내면을 향해 집요하게 파고 내려가던 그의 시는 《어떤 사랑도 기록하지 말기를》 이후부터 재난과 폭력이 만연한 세계로 시선을 확장하며 슬픔의 연대와 애도의 가능성을 힘겹게 타진해 왔다.

이러한 행보에는 육체적이고 감각적인 묘사의 밀도를 이

야기로 풀어내면서 농담과 냉소의 아이러니를 보여주는 변화가 동반되고 있다. 자신의 몸에 새겨진 검은 얼룩에서 세계의 어둠을 발견하고자 시 쓰기를 시작한 이영주 시인은 망가진 세계의 망가진 내면이 "우리의 자연"임을 입증하며 "고통에 여백을" 기입하는 시 쓰기로 진화해 온 것이다(《그 여자 이름이 나하고 같아》 시인의 말).

이영주가 시인으로 살아온 지난 26년 동안 시대도 급변하고 독자도 달라지고 시인의 자리도 어지러웠다. 이러한 변화 속에서도 그는 늘 난간이나 지붕 위의 옥탑방을 흘러 다녔고 외로운 사람의 등뼈를 바라보았고 종양처럼 자라나는 세계의 부위를 아프게 감각해 왔다. 특히 그의 시에는 언제나 엄마, 소녀, 노파, 언니들이 있었고, 그들은 "가장 어둡고 축축한, 미학적인 부위"(〈봉인〉, 《언니에게》)로서 시의 근원이 되어주었다. 이 지점에서 그가 다른 어떤 시인보다도 시 쓰기에 대해, 기록하는 일의 가능성과 불가능성, 의미와 무의미, 공포와 기쁨, 회피와 의무, 의심과 자긍심에 대해 많은 시편을 남겼다는 사실을 상기해 볼 필요가 있다. 이영주에게 시 쓰기는 그 자체로 여성 주체의 육체적 앓음이자 소외된 타자의 고통에 응답하는 증상이었으며, 지배적인 거대 서사에 저항하는 흔적과 얼룩의 언어를 발굴해 온 여정이었다.

이영주의 시는 오늘에 와서야 제대로 읽히고 평가받을 맥락과 시의성을 얻고 있는지도 모른다. 그는 "슬픔을 시작할 수가 없다"(〈슬픔을 시작할 수가 없다〉, 《어떤 사랑도 기록하지

말기를》)는 시의 윤리로 자신과 타자의 몸을 끌어안았고 "망
가지면서 사랑하는 것, 우리의 언어"(〈문예창작〉,《좋은 말만
하기 운동 본부》)를 위해 매번 다시 슬픔을 시작하는 용기를 내
어 왔다. 심사위원들은 가혹한 세계의 폭력을 온몸으로 감각
하며 슬픔을 시작始作하고 시작詩作해 온 이영주 시인의 끈질긴
분투가 지훈 선생의 이름으로 주어지는 평가와 지지를 받아
마땅하다는 데에 기꺼이 뜻을 모았다. 긴 시간 마음의 이름이
같은 시인으로 우리 곁을 지켜준 이영주 시인의 수상을 진심
으로 축하한다.

제24회 지훈문학상 심사위원회

심사위원장 조재룡 | 심사위원 오연경·이근화

'시'라는 전율

제게 '시 쓰기'라는 사건을 선사해 준 어떤 순간을 떠올려 봅니다. 수상 소식을 듣고 저는 2층 카페에서 한참 동안 창문 밖을 바라보았습니다. 흥분한 제 마음처럼 도로의 자동차들이 질주하고 있었고 사람들이 바쁘게 이동하고 있었습니다. 카페 안 동네 주민들이 즐겁게 수다를 떠는 모습조차 축하의 인사로 들렸으니 정말 그 순간만큼은 세상을 다 가진 기분이었죠. 지훈상이라니, 실감이 나질 않았습니다. 무엇보다 시인의 축적된 활동을 알아봐 주는 지훈상의 섬세한 방향성이 저를 더욱 들뜨고 행복하게 했습니다.

문예창작학과를 다녔기에 저에게 시 쓰기란 과제의 일부였습니다. 십 대 시절부터 문학만큼 저를 매료시킨 세계는 없었으니 책을 실컷 읽을 수 있는 전공을 선택하자는 것이 희망사항이었죠. 그런데 문예창작학과를 간다고 해서 모두가 '사건으로서의 작품 쓰기'가 가능한 것은 아니었습니다. 그러니까 인생을 바꾸어버릴 사건적 글쓰기 말입니다. 기회는 누구에게나 찾아올 수 있지만 그 힘을 잡아채는 행운을 놓쳐버리는 경우도 많은 것 같아요. 내가 만일 시 쓰기에 전율을 느끼지 못했더라면 어땠을까, 종종 생각해 봅니다. 그것도 나름 괜찮은 인생이 될 것입니다. 모두가 시인이 되어야만 하는 것은 아니니까요. 그렇지만 내 삶은 문학적 사건을 만나지 못한 채 커다란 구덩이가 생기고 그 구덩이가 점점 더 넓어지는 기묘한 슬픔에 빠지지 않았을까요.

시인으로서의 삶이 지워진 시간들은 어떤 모습일지 지금은 상상도 할 수 없습니다. 내가 쓰는 것이 시가 될 수 있다는 전율, 시를 읽고 쓰는 것만으로도 살아가는 일 자체가 근사한 것이 된다는 희망……. 모순과 결핍이 가득한 인간에게 시가 있어서 다행이고, 고통 속에서도 아름다움을 향해 나아갈 수 있는 힘을 얻는다는 것. 수상 소식은 새삼 그런 벅찬 생각들을 할 수 있게 만들어주었습니다.

조지훈 선생님의 업적 또한 그런 것이 아닐까요. 한국 사회의 큰 트라우마들을 온몸으로 겪어내며 삶을 버텨낸 선생님의 작품들은 빛이 납니다. 1920년에 태어나 1968년 영면하시기까지 참혹한 한국의 역사가 있었습니다. 일제 강점기부터 6·25 한국전쟁, 독재정권과 4·19 등등. 선생님께서는 다양한 언어적, 시적 실험을 통해 시인이 이 세계의 모순과 불합리에 맞서는 미학이 무엇인지 보여주셨습니다.

"시는 생활의 가장 진실한 느껴움의 형상화라는 생각을 버린 적이 없다. 따라서 나의 시는 내 정신의 추이와 생활의 열력을 가장 충실하게 나타내고 있다고 믿는다."라는 전언은 선생님의 시가 어디에서 출발하고 어느 곳을 향해 나아가는지를 잘 보여줍니다. "생활이 없는 시가 어떻게 존재할 수 있는가. 시에 생활이 없다고 말하는 사람들은 생활을 정치적 경제적 생활 또는 동물적 물질적 생활과 동의어로 보기 때문이거니와 나는 생활의 의미를 그런 데서 찾지 않고 생명이 요구하는 모든 가치를 지닌 이 현실의 삶을 생활이라 부른다. 다만 그 생명적 진실의 지향과 관심의 소재와 그 열도에 따라 시의 생활의 양상이 달라질 따름이다."라는 선명한 시적 세계관을 상기할 필요가 있습니다. 사회 현실을 작품에 직관적으로 드러내는 시적 언어가 있고 상징과 우회를 통해 드러내는 시적 언어도 있는 것이라는, 시의 기본이자 시적 언어의 넓이를 드러내는 말씀입니다.

작년 나남출판에서 발행한 《조지훈 시 전집》은 이러한 폭넓은 선생님의 시 세계를 엿볼 수 있는 좋은 기회가 되었습니다. 선생님의 아름다운 언어 감각은 몇십 년이 지나서 시를 쓰기 시작한 후학들에게도 깊은 미학적 울림을 줍니다. 〈승무〉, 〈고풍의상〉, 〈봉황수〉 등 흔히 한국적 정서라고 말하는 서정적 세계가 매우 정교하고 복잡한 언어적 시도로 새로움을 획득하고 있다는 점, 〈산〉, 〈고사〉 등 이러한 기교와 반대로 담백한 핵심만을 드러내는 반기교주의 또한 한편에서 시도하고 있다는 점, 지적인 성찰을 유려하게 유도하고 있는 산문

시 등등 선생님의 시적 세계가 보여주는 드넓은 범위를 가늠
케 합니다.

　선생님의 시 〈이력서〉의 구절들을 마음에 다시 한번 새겨
봅니다. "마음이 가난한 게 유일의 재산이올시다. 어떠한 고난
에도 부질없이 생명을 포기하지 않을 신념이 있습니다. 조금
만 건드려도 넘어질 사람이지만 폭력 앞에 침을 뱉을 힘을 가
진 약자올시다. 패자敗者의 영광을 아는 죽음을 공부하는 마음
이올시다. 지옥의 평화를 믿는 사람이올시다. 속죄의 뇌물 때
문에 인적이 드문 쓸쓸한 지옥을 능히 견디어 낼 마음이올시
다." 저 또한 이렇게 멋지고 단단한 시인이 될 수 있을까요.
앞으로 제게 남겨진 숙제가 큽니다.

저는 선생님의 말씀처럼 시를 쓰면서 항상 현실과 생활을 생
각합니다. 노동을 생각합니다. 인간의 의미와 가치를, 아름다
움을 생각합니다. 사회의 모순과 불합리를 생각합니다. 소외
된 자와 약자의 고통을 생각합니다. 조금 더 나은 세상을 향하
여 연대하는 방법을 생각합니다. 그것이 제 시의 바탕입니다.
　하지만 제 시가 직관적인 프로파간다로만 기능하기를 원치
않습니다. 인간의 현실은 인간의 내면과 복잡하게 얽혀 있습
니다. 인간의 상처는 외부의 현실과 내면의 찢어짐 속에서 매
우 정교하게 얽혀서 헤아릴 수 없는 슬픔으로 뻗어나갑니다.
인간의 심연에는 깊이를 알 수 없는 덩어리들이 가득 들어 있
습니다. 저는 제 시가 그러한 복잡성을 담아내는 그릇이 될 수

있기를 바랍니다. 똑같은 모양이 하나도 없는 상처와 고통 속에서 아름다움의 통로를 파 내려가고 싶습니다. 결핍을 통해 인간은 아름다워진다는 말이 있듯이, 깨진 조각들에서 조금씩 흘러나오는 빛을, 간신히 흘러나오는 사랑의 빛을 제 시에 담고 싶습니다. 간혹 독자들이 어렵게 느끼지 않겠느냐는 비판을 받기도 합니다만, 독자는 쓰는 자보다 뛰어나고 앞서 나갑니다. 독자들이 저 멀리서 제 시를 불러내 주고 있습니다. 그 부름을 받을 수 있는 저는 행운아입니다.

지훈상 수상이라는 소중한 기회를 주신 조재룡, 오연경, 이근화 세 분 심사위원께 감사드립니다. 당신들의 아름다운 시선이 저에게 빛이 되었어요. 이런 근사한 기회를 통해 시인들의 앞날을 응원해 주시는 조상호 회장님과 나남출판사에 감사드립니다. 또한 지훈상을 통해 《아름다워지기 전에 뒤를 돌아보면 안 돼》를 출간하게 되어 더욱 기쁜 마음입니다. 생활의 느껴움을 견디며 나아가는 모든 시인들의 마음이 곧 제 마음입니다.

2026년 4월

이영주

수록 시 출처

제목	수록작
108번째 사내 문학동네, 2005	지붕 위로 흘러가는 방 ∣ 그녀가 사랑한 배관공 ∣ 고궁에서 본 뱀 ∣ 매를 파는 노파 ∣ 소녀와 달 ∣ 이제 아이들은 학교에 가지 않고 ∣ 담벼락, 장미넝쿨이 없는 ∣ 그 건물 뒤로 가본 적이 있다 ∣ 소년과 나무 ∣ 바람을 건너가고 있었다
언니에게 민음사, 2010	물고기가 된다는 것 ∣ 첫사랑 ∣ 저무는 사람 ∣ 뒤 ∣ 나선상의 아리아 ∣ 동거녀 ∣ 언니에게 ∣ 봉인 ∣ 교련 시간 ∣ 장마 ∣ 미래안
차가운 사탕들 문학과지성사, 2014	종유석 ∣ 방공호 ∣ 공중에서 사는 사람 ∣ 우리는 헤어진다 ∣ 셀프 빨래방 ∣ 친밀하게 ∣ 불에 탄 편지 ∣ 헝가리 식당
어떤 사랑도 기록하지 말기를 문학과지성사, 2019	십대 ∣ 방화범 ∣ 교회에서 ∣ 여름에는 ∣ 양조장 ∣ 4월의 해변 ∣ 녹은 이후 ∣ 병 속의 편지
여름만 있는 계절에 네가 왔다 아시아, 2020	기숙사 ∣ 시인에게는 시인밖에 없다는 말 ∣ 싱어송라이터 ∣ 순간과 영원 ∣ 작업반장
그 여자 이름이 나하고 같아 아침달, 2022	친분 ∣ 점성술 ∣ 불쏘시개 ∣ 고적운 ∣ 내 친구 타투이스트 ∣ 사제의 개 ∣ 표백 ∣ 패션 ∣ 한파주의보 ∣ 백과 이 ∣ 문예창작 ∣ 겨울 산책
좋은 말만 하기 운동 본부 현대문학, 2023	물속 ∣ 구름 깃털 베개 ∣ 작업실 ∣ 광인 마그네틱 ∣ 문예창작

나남문학선 53

반짝과 반짝 사이

2025년 지훈문학상 수상자 김근 문학선

빛과 어둠의 경계를 부수며 무한히 생동하는 반짝임

신화적 상상력과 새로운 언어적 발상에 대한 집념이 돋보이는 김근 시인의 문학적 정수만을 모은 선집. 그는 "당면한 실존의 공백"을 "고통의 힘으로 생생히 살아 움직이"는 언어로 그리고, "능동적인 자기운동성을 보여 주며 언어의 새로운 지평을 탐구"했다는 평과 함께 제23회 지훈문학상을 수상했다. 독자들은 이 책을 통해 한국 시단에서 보기 드문 실험으로 구축한 환상적 세계와 그 미학을 발견할 수 있을 것이다.

신국판 변형 | 352면 | 22,000원

나남 nanam 031) 955-4601 www.nanam.net

내려쓴판 원고지